CB052388

quatro ventos

# A casa da PORTA VERMELHA

Zoe Lilly

Editora Quatro Ventos
Avenida Pirajussara, 5171
(11) 99232-4832

**Diretor executivo:** Raphael Koga

**Gestão editorial:**
Hanna Pedroza Carísio
Natália Ramos de Oliveira

**Editora responsável:**
Josiane Anjos

**Revisoras:**
Eduarda Seixas
Nadyne Voi

**Diagramação:** Suzy Mendes
**Capa:** Vinícius Lira
**Ilustrações:** Anita Haibara



Todas as citações bíblicas e de terceiros foram adaptadas segundo o Acordo Ortográfico da Língua Portuguesa, assinado em 1990, em vigor desde janeiro de 2009.

Todo o conteúdo aqui publicado é de inteira responsabilidade da autora.

Todas as citações bíblicas foram extraídas da Nova Almeida Atualizada, salvo indicação em contrário.

Citações extraídas do site *https://bibliaonline.com.br/naa.* Acesso em junho de 2024.

1ª edição: julho de 2018
2ª edição: novembro de 2024
3ª reimpressão : Maio de 2025

Catalogação na publicação
Elaborada por Bibliotecária Janaina Ramos – CRB-8/9166

Z85c

Zoe Lilly

A casa da porta vermelha / Zoe Lilly; Ilustrações de Anita Haibara. – 2. ed. – São Paulo: Quatro Ventos, 2025.

160 p., il.; 14 X 21 cm
ISBN 978-85-54167-93-6

1. Cura - Aspectos religiosos - Cristianismo. I. Zoe Lilly. II. Haibara, Anita (Ilustradora). III. Título.

CDD 234.131

# Sumário

# Dedicatória

Dedico este livro à minha incrível mãe, Sarah Hayashi. A minha trajetória com Deus não seria a mesma se não fossem suas orações. Sua vida sempre refletiu Jesus Cristo e, para mim, era inegável que Ele, sim, deveria ser o centro das minhas afeições. Obrigada por nunca ter desistido de mim, por ter me instigado a ter fome do Senhor e por sempre me amar tão incondicionalmente, como Deus me ama.

Amo você, para sempre!

# Agradecimentos

Agradeço a Deus, em primeiro lugar, meu Pai querido e meu Melhor Amigo; Aquele que, além de segurar todos os planetas em seu lugar, consegue segurar o meu coração com tanto amor.

Ao meu marido, Israel, por sempre me impulsionar a sonhar mais alto e me ajudar na realização desses sonhos. Seu incentivo e visão me fazem crescer em Deus, seu amor me faz perseverar nas tempestades e sua amizade me traz alegria nesta vida.

À minha família querida, *Mom* & Teófilo e sua família, que me amam tanto e, mesmo entre vales e montanhas, sempre permaneceram comigo.

A toda equipe da Editora Quatro Ventos e a todos que contribuíram para que este livro se tornasse realidade, seja na diagramação, na capa, na divulgação ou na distribuição. Parabéns por todo o trabalho!

# Prefácio

Zoe significa "vida"; e seu nome define exatamente quem ela é.

Zoe emana vida por todos os lugares onde passa. Espiritualmente, traz a luz de Cristo de uma forma gentil e poderosa, assim como é sua própria presença.

Ela é conhecida pela criatividade em suas músicas, pinturas e bolos — que faz apenas para seus amigos próximos. Ela é um tesouro para a "tribo dos Gibbons" e se tornou uma de nós.

No momento que a conheci, eu sabia que o favor de Deus estava sobre ela. Zoe havia vindo para a Califórnia para passar vários meses com nossa família. Digo tudo isso para afirmar que a Zoe que você vê em público é a mesma no privado. Ela é um ser humano incrivelmente compassivo e anda no ritmo do Espírito de Deus, que a permite pausar, descansar, criar e saborear a beleza em sua vida. Precisamos de mais "Zoes" neste mundo!

Ela é honesta, vulnerável, compreensiva, pura, gentil, sonhadora, sábia e amável; mas essas características não vêm facilmente. Elas emergiram de um lugar de dor, começando por seu nascimento milagroso até seu chamado para as artes criativas.

Estou tão animado por você estar prestes a andar com a Zoe dentro da casa que ela descreve nesta obra. Ela o guiará pela casa da vida, onde você terá encontros com a dor e a alegria, a traição e o perdão, o medo e o amor. Essa jornada nem sempre é linear, arrumada e agradável. Por vezes, pode ser atribulada e mais comprida do que você deseja. Ainda assim, é o lugar que podemos chamar de lar. O lugar onde usufruímos da paz e ativamos nossos sonhos.

Neste livro, Zoe o convida a entrar na *casa da porta vermelha* em que ela derrama seu coração, com a esperança de que você possa experimentar, também, a **intimidade** e a **vida** que ela experimentou. Eu tenho grandes expectativas por você!

Enquanto lê esta obra e anda com a Zoe por cada cômodo, você descobrirá **Aquele** dentro da casa que diz: "Eu sou o caminho, a verdade e a vida [...]" (João 14.6).

Com amor,
Dave Gibbons

*Primeiro capítulo*

# Encontrando o meu lar

Oito. Esse foi o número exato de vezes que mudei de casa desde a minha infância. Toda vez que isso acontecia, a nova casa se tornava meu lugar preferido. Amo o cheiro de casa nova, de decoração nova, de novidade e de organização (depois de desempacotar e arrumar o universo, claro). Mas o que mais amo em minha casa é o **ficar** em casa. Sou uma caseira assumida, e não tenho dificuldade alguma em falar que as minhas melhores férias são dentro do meu lar.

Cresci sendo desafiada e rodeada por pessoas extrovertidas, como o meu irmão simpático. Ele sabia o nome de todos os porteiros do prédio, de todas as crianças que brincavam na quadra, e conseguia falar sobre absolutamente tudo com todos. Eu, por outro lado, quando precisava falar com alguém que não conhecia muito bem, treinava as minhas frases para "quebrar o gelo". É evidente que, na hora, elas saíam completamente diferentes do que eu havia ensaiado, o que me fez desistir dessa vida de conversas plásticas. Quando digo isso, eu me refiro a conversas do cotidiano, como "Nossa, está calor hoje!", ou "Você viu o jogo do São Paulo?", ou ainda "Gostei do seu cabelo...", e por aí vai.

É claro que esses diálogos são importantes para a sociedade funcionar, e creio que também são portas para conversas mais profundas, mas confesso que, naquela época, tinha pouca paciência para isso. Era um fardo sair do meu casulo. Obviamente, com o passar dos anos, conquistei maturidade e aprendi a não ser mais um "bicho do mato", até parei de ensaiar minhas frases de impacto, o que foi um grande progresso.

No entanto, naquela época, a minha casa, principalmente o meu quarto, era meu **lugar seguro** — onde eu entrava e conseguia respirar, ser mais leve, além de encontrar algo que transcendia a minha realidade nesta Terra. Foi por volta dos meus 14 anos que comecei a ter encontros sobrenaturais com a presença de Deus. Meus olhos viam coisas que não eram daqui, e meu corpo experimentava sensações que nada neste mundo conseguiria me dar. A cada nova experiência, eu parecia mudar um pouco mais.

Quando lemos a Bíblia, deparamo-nos com inúmeras pessoas que se encontraram com Deus por meio de visões, curas, sonhos, acontecimentos sobrenaturais ou naturais. Muitas vezes, por falta de entendimento, acabamos nos fechando por acharmos que Ele não Se comunica mais ou por pensarmos que tudo é pura imaginação. No entanto, não podemos nos esquecer de que a imaginação foi dada por Deus, o que nos habilita a usá-la para conseguir entendê-lO melhor. Diversas vezes, por falta de bons exemplos ou pela ausência de experiências sobrenaturais, nós nos fechamos para esse tipo de manifestação da presença de Deus.

Sempre fui sensível ao mundo espiritual, o que permitiu que, desde pequena, eu interagisse com ele de forma muito simples e direta. Ter visões, ver milagres a olho nu e assistir a curas fazia parte da minha rotina semanal. Cresci em um lar muito aberto a essa realidade e em uma comunidade cristã que se movia nos dons do Espírito Santo e no sobrenatural, baseada na Palavra. Acabei tendo os meus maiores "monstros" destruídos por meio do contato com a presença de Deus — era ali que via meu mundo e meu coração serem quebrantados e transformados.

Nos capítulos seguintes, descreverei a casa onde me encontrava, e ainda me encontro, com o Pai no mundo espiritual, da minha forma simples e talvez, muito pessoal, mas que carrega verdades bíblicas e lições que guardo comigo até hoje. Todas as experiências contadas neste livro fazem parte de muitas histórias da minha vida, algumas de perda, outras de perdão, entrega, alegria, tristeza e de tudo aquilo que formou quem eu sou hoje e quem ainda serei um dia.

Nessa casa, não havia nada muito comum; tudo era especialmente preparado para mim, feito sob medida, do jeito que sempre imaginei que seria o lar dos sonhos. Nesse lugar, vi meus maiores medos evaporarem e minhas melhores respostas chegarem. Foi a partir desses encontros que comecei minha jornada de conhecer verdadeiramente a Deus. Mesmo assim, tenho certeza de que mal comecei a conhecê-lO, já que Ele é infinito; mas o pouco que conheço, desejo humildemente compartilhar.

Antes que você leia as próximas páginas, quero deixar uma dica: não compare seus encontros com Deus aos de outras pessoas. Cada um tem uma maneira de conhecê-lO, mas sempre podemos aprender com a experiência do nosso próximo. Assim como aprendo com as histórias de Isaías, Moisés e Abraão, homens que experimentaram a Glória de Deus. O que compartilharei diz respeito à minha vida pessoal, mas contém ensinamentos que qualquer pessoa que deseja intimidade com Deus pode absorver. Não se prenda tanto à visão em si, mas às lições que a casa carrega. É importante deixar claro também que, apesar de o livro ter uma sequência cronológica constante, os encontros vividos nessa casa não aconteceram de uma única vez, e sim ao longo de vários anos e em diferentes épocas da minha vida. Mas para facilitar a compreensão, as histórias e lições foram organizadas em uma linha do tempo que se desenrola em um único dia.

Dito isso, a partir de agora faremos um tour por essa casa. Passearemos por cada canto, cada cômodo e cada espaço, para, juntos, O encontrarmos mais uma vez.

"No entanto, não
podemos nos esquecer
de que a imaginação
foi dada por Deus,
o que nos habilita a
usá-la para conseguir
entendê-lo melhor."

*Segundo capítulo*

# Andando pela rua estreita

Todos querem chegar a algum lugar, seja por meio da conquista de uma posição social, seja pelo emprego dos sonhos, por uma carreira bem-sucedida ou por um ministério abrangente. Contudo, ainda mais do que isso, todo ser humano anseia por um lugar de completa paz e satisfação. Fomos criados por um Deus que é cheio de paz e satisfação, e, por termos sido criados à Sua imagem e semelhança (cf. Gênesis 1.27), ansiamos incansavelmente por isso. O problema é que, durante essa busca, sem perceber, deixamo-nos levar por nossa ansiedade e acabamos trocando os pés pelas mãos. Isso sem contar as vezes em que corremos atrás de soluções paliativas para substituir o que neste mundo não tem nome, não existe e, muito menos, está à venda.

Queremos o que nossos olhos conseguem cobiçar, o que nosso conforto é capaz de nos dar, o que nosso dinheiro pode comprar e o que nossa conquista consegue nos afirmar; com tudo isso, no final da larga estrada, nós nos encontramos com as mãos cheias de bugigangas, com as costas carregadas de troféus de plástico, com os pés cansados de competir com humanos, com o peito cheio de questionamentos e, ainda assim, nós nos achamos sem saída. Em outras palavras, buscamos por algo que não existe aqui na Terra e que o dinheiro não pode pagar: a Eternidade em nosso coração. Nós ansiamos ser conhecidos por Deus e conhecê-lO. Alguns não entenderam isso ainda e, por esse motivo, passam a vida toda andando em círculos, tentando suprir algo que nada neste mundo poderá satisfazer.

A intimidade com Deus é nossa maior dádiva, e acessá-la é de graça; mas o caminho para adquiri-la é o percurso mais caro que nossa alma pagará. Quando Jesus morreu por nós no Calvário, Seu sangue abriu esse caminho de maneira escandalosa, para que tanto o pior dos pecadores quanto o melhor dos humanos pudesse acessar a presença do Rei do Universo por meio da Graça. Nunca houve um amor tão extremo assim, capaz de nos fazer receber aquilo que jamais mereceríamos e, ainda por cima, nos habilitar a sermos chamados de **filhos**. Não somente servos, mas amigos (cf. Romanos 5.10).

Entretanto, vivemos cegos, pensando que a intimidade com Deus é apenas para alguns — para os mais espirituais, para aqueles que têm um dom especial ou para os que viveram uma vida mais correta. Vale lembrar que quando Jesus morreu, Ele entregou Sua vida por toda a humanidade, e isso inclui todos os tipos de pessoas. A grande pergunta é: o quanto temos usufruído de algo a que já temos acesso? De algo que já foi pago? De algo que já nos foi entregue?

Eu cresci em um lar cristão, o que sempre me fez entender a importância de ter Jesus em minha vida. Tive meu primeiro encontro com Deus aos cinco anos de idade, e me lembro exatamente do que aconteceu e de como aquilo mudou minha maneira de enxergá-lO. Em um momento muito difícil da minha família, nós nos vimos sem uma figura paterna em casa. Meu pai havia nos deixado. Assim que toda essa situação aconteceu, minha mãe chamou eu e Teófilo na cozinha e disse que, a partir daquele dia, nós teríamos o melhor pai de todos: Deus Pai; e que se precisássemos de qualquer coisa, poderíamos pedir a Ele, pois Ele cuidaria de nós.

Ao ouvir as palavras de minha mãe, fui para o meu quarto e quis conversar com esse "novo" Pai. Queria, na simplicidade de uma criança, entender o que estava acontecendo. Ajoelhei-me no tapete ao lado de minha cama e pedi: "Se o Senhor é mesmo meu Pai, quero que venha até mim e me dê um abraço". Logo após aquele pedido, senti uma presença muito forte em meu quarto e mãos gigantescas me apertando com amor. Naquele momento, entendi que esse "novo" Pai era para valer! Nunca havia sentido um amor tão puro e doce, e, ao mesmo tempo, tão forte. Era como se nada no mundo pudesse me atingir enquanto permanecesse naquele abraço.

Contudo, essa experiência não me imunizou de toda trajetória de crescimento que precisei viver nos anos da minha adolescência. Eu entendia muito bem que Deus era meu Pai, tinha consciência a respeito de Sua soberania e provisão, mas ainda faltava dar início a uma jornada verdadeira para conhecer Seu coração. Muitos de nós temos acesso ao Rei, temos a certeza de nossa salvação, cremos no poderoso sangue de Jesus, acreditamos em toda a Bíblia, porém, não utilizamos o acesso — é como se tivéssemos um presente em nossas mãos e não o desembrulhássemos. Quem faz isso? Geralmente, ninguém.

Durante anos, eu carreguei esse presente em minhas mãos, mas não me dava conta de seu valor e de que poderia desembrulhá-lo a qualquer momento. Na época, tinha 14 anos e estava naquela fase "incrível" da adolescência em que tudo parece entediante ou um motivo para sentir vergonha e para viver emburrada, ainda que não tivesse razões verdadeiras para isso. Continuamente, eu sentia um enorme desconforto com quem eu era e com o que fazia. Desconforto com o meu corpo, que estava mudando; com os meus sonhos, que pareciam sempre estar em metamorfose; e com meus sentimentos, que, mais do que nunca, apresentavam-se inconstantes. Com isso, mesmo sem querer ou perceber, comecei a caminhar com um grupo de pessoas indiferentes à presença de Deus; elas iam à igreja, mas não tinham paixão por Jesus.

Lembro-me de uma noite em que cheguei bem tarde em casa e minha mãe havia me esperado para dormir. Ela estava preocupada com a minha demora e, naquela época, eu não tinha celular para mandar uma mensagem. Para falar bem a verdade, eu também não tinha feito questão de avisar por outros meios. Assim que entrei em casa, dei de cara com a sua expressão frustrada no corredor e soube, no mesmo instante, que ouviria algumas verdades naquela madrugada; então, "apertei meu cinto" e, rapidamente, preparei-me para escutar a prosa da dona Sarah.

Honestamente, ela não estava tão preocupada com meu atraso, mas com quem eu estava me tornando. Eu nunca vou me esquecer das palavras que ela me disse naquela noite: "O que mais me preocupa é sua falta de fome e sede por Deus. Se você não tem isso na vida, de que vale viver?". Na hora, confesso que aquilo soou como um exagero, mas, de alguma forma, entrou em mim. Após terminar, minha mãe mandou que eu fosse para o meu quarto e orasse a noite inteira para que Deus me desse a bênção de ter fome por Ele, e eu não poderia dormir até que tivesse realmente entendido a importância do que ela havia me dito.

Fui para o meu quarto extremamente emburrada e, como estava morrendo de sono, comecei a me perguntar como conseguiria ficar a noite toda acordada. Resolvi colocar o abajur e o travesseiro no chão e fingir uma posição de oração, porque, caso ela entrasse ali, pensaria que eu estava realmente orando. Fechei a porta e me ajoelhei, determinada a colocar meu plano em ação, mas, antes, resolvi fazer uma pequena oração. Mal sabia eu o quão "perigosas" seriam aquelas palavras.

— Senhor Deus, minha mãe gosta **muito** de Você; eu, nem tanto. Ao menos, não como ela. Mas, já que ela quer que eu Te queira, se puder, por favor, coloque em mim fome e sede por Ti. Eu não quero fingir que Te amo. Então me faça Te amar. Em nome de Jesus, amém!

Dormi ajoelhada no chão e acordei na mesma posição. No dia seguinte, fui para escola e voltei para minha rotina. Nada de especial havia acontecido na noite anterior. Nada parecia fora do normal dentro de mim. Algumas semanas se passaram e, certo dia, ao chegar da escola, encontrei um VHS perto da TV e resolvi checar o conteúdo. Comecei a assistir ao vídeo: havia muitos jovens que choravam, tremiam como doidos e diziam estar cheios do poder de Deus. Aquela gravação havia sido feita durante o avivamento em Pensacola, na Flórida, Estados Unidos, em 1995. Apesar de ter achado aquilo bizarro, a curiosidade me fez continuar assistindo, até que, de repente, algo entrou na sala em que eu estava. Fiquei paralisada por não saber muito bem o que estava acontecendo, mas minhas pernas não aguentavam mais o peso do meu corpo. Desliguei a TV e caí no chão, onde fiquei chorando compulsivamente, por mais de duas horas. Naquele momento, a única coisa que vinha em minha mente era: "Por que eu demorei tanto para encontrá-lO assim? Como eu não sabia que Você era desse jeito?". A única coisa que conseguia fazer era chorar e pedir para que Ele nunca me tirasse daquele lugar em que eu me encontrava: aos Seus pés. Havia muita luz em um só lugar. Parecia que eu não estava mais ali. Depois de um tempo, só era capaz de dizer: "Santo, Santo, Santo...". Enquanto isso acontecia, por um segundo, passei a entender o que tinha lido em Apocalipse 4.8-11:

> *E os quatro seres viventes, tendo cada um deles, respectivamente, seis asas, estavam cheios de olhos, ao redor e por dentro. Não tinham descanso, nem de dia nem de noite, proclamando: "Santo, santo, santo é o Senhor Deus, o Todo-Poderoso, aquele que era, que é e que há de vir." Sempre que esses seres viventes davam glória, honra e ações de graças ao que está sentado no trono, ao que vive para todo o sempre, os vinte e quatro anciãos se prostravam diante daquele que está sentado no trono, adoravam o que vive para todo o sempre e depositavam as suas coroas diante do trono, proclamando: "Tu és digno, Senhor e Deus nosso, de receber a glória, a honra e o poder, porque criaste todas as coisas e por tua vontade elas vieram a existir e foram criadas."*

Não tinha mais como voltar atrás. Não tinha mais como ser indiferente àquele relance que havia experimentado. A partir dali, nada parecia mais tão importante ou incrível do que estar com Ele — e, na verdade, não era mesmo. Aos poucos, descobri que tudo o que tinha dentro de mim não era suficiente para descrever o que sentia por Ele. Era como se tivesse descoberto o maior tesouro do mundo que, mesmo sem saber, já estava comigo o tempo todo. Como pude ficar cega por tanto tempo? Como não consegui percebê-lO ao meu redor? Entretanto, apesar daquele encontro contundente, eu não podia imaginar que aquele dia mudaria, para sempre, o percurso da minha jornada com Deus. Depois disso, eu nunca mais O vi da mesma forma.

Naquela tarde, enquanto eu me encontrava com o Pai, a moça que trabalhava em nossa casa escutava meu choro descontrolado pelo lado de fora do quarto de TV. Minha mãe não estava em casa naquele momento, mas, assim que chegou, foi recepcionada pela moça, que aproveitou para avisá-la sobre mim, o meu choro e alguma situação que envolvia ambos trancados na sala de TV. Minha mãe, uma mulher sábia, logo percebeu que algo estava **realmente** acontecendo no mundo espiritual, e resolveu me esperar sair do quarto. Ao me retirar de lá, fui até ela e a abracei, enquanto ainda chorava. Eu não sabia explicar o que tinha acontecido comigo, mas ela parecia entender perfeitamente. Após alguns dias, ela me disse que o meu rosto havia mudado no dia em que saí daquele quarto. Algo tinha sido transformado para sempre em minha vida. Meu semblante não era mais o mesmo, e, naquele dia, eu tinha dado um *start* na jornada de conhecer o coração de Deus verdadeiramente.

O termo "intimidade com Deus" é falado na maioria dos nossos púlpitos, reuniões e, com certeza, sempre escrito nas resoluções de Ano Novo. Todos querem ter intimidade com Ele, mas poucos sabem que já seguram a chave para esse lugar: o sangue do Cordeiro. Por isso, tantas pessoas esperam passivamente um anjo descer dos Céus e invadir seus quartos, ou ouvir uma voz audível que as convide para a intimidade, mas acessar esse lugar é muito mais simples do que isso, e depende somente de um coração que busca intensamente.

*Então vocês me invocarão, se aproximarão de mim em oração, e eu os ouvirei. Vocês me buscarão e me acharão quando me buscarem de todo o coração. Serei achado por vocês, diz o Senhor [...].* (Jeremias 29.12-14)

Foi somente a partir daquele dia que entendi que poderia viver a vida inteira segurando a chave de uma porta que nunca abriria por não procurá-la de todo coração. Então, eu me determinei a encontrar essa porta e a achar o caminho que tantos já haviam percorrido, mas não da mesma forma, e sim de maneira pessoal. Aquela jornada era somente **minha**. A intimidade com Deus não vem por meio da imposição de mãos ou por transferência de unção, mas por meio do que eu e você construímos com o Pai de forma íntima, individual e profunda.

Pouco tempo depois daquele encontro, comecei a cultivar momentos diários e específicos de adoração e oração em meu quarto. Voltava correndo da escola, largava a mochila e os livros no chão, fechava a porta e pedia ao Espírito Santo para que invadisse o lugar. Eu não estava procurando o que havia já acontecido comigo; eu queria mais.

Em um desses momentos, sentada em minha cama, tive uma visão de uma rua muito estreita. Ela era todinha de terra batida, mas cheia de flores do campo nas laterais, o que dificultava muito a caminhada. Bem distante, quase no horizonte, havia uma luz e o vento soprava fortemente, praticamente me empurrando em direção ao ponto luminoso.

Curiosamente, algo me atraía para a luz. Era como se eu já tivesse visitado aquele lugar antes, mas, ao mesmo tempo, ele parecia novo. Eu estava sozinha. Não havia ninguém ao meu lado, ninguém atrás e ninguém à frente. O local em que me encontrava, percebi sem muito esforço, tratava-se de uma rua particular, talvez fosse a minha própria rua.

Muitas vezes, queremos anotações, fórmulas, ou mapas dos que têm algo especial com Deus. Queremos saber como cortar o caminho ou encontrar os "cinco passos para a intimidade", mas isso não existe. Essa rua estreita foi feita para caminhar com apenas uma pessoa, uma só companhia, um vento muito forte: o Espírito Santo. É Ele Quem nos guia de forma suave — e, às vezes, violenta — para o lugar em que nascemos para estar. Contudo, em determinados momentos, sentimos medo e desconforto, resultados que o desconhecido nos traz. E isso, somado à sensação de, talvez, estarmos "imaginando" tudo nos impede de entrar em um lugar mais profundo.

Não existe ninguém fraco ou imperfeito demais para trilhar esse caminho. Só existe um impedimento para andar nessa rua estreita: orgulho. O orgulho infla o nosso ego, incapacita-nos de receber como crianças e de trilhar o novo, pois está sempre dizendo: "Ah, isso eu já sabia! Isso eu já vivi! Isso eu já conheço!". Muitas vezes, ele também pode se disfarçar de falsa humildade, dizendo: "Eu não mereço! Eu já fui longe demais... já errei tanto! Quem sou eu?". Mas o que muitos não entendem é que a humildade não é nos sentirmos menos, e sim saber quem somos em Deus e conhecermos a nossa verdadeira identidade n'Ele.

A simplicidade de aceitar um convite é o começo de uma jornada com Deus. A simplicidade de se encarar, e mesmo através de toda a sua sujeira, ver a bondade dos olhos do Pai. A simplicidade de se arrepender e aceitar que todos nós carregamos orgulho, de uma forma ou outra, e que ele deve ser despedaçado para que possamos dar o primeiro passo nessa rua estreita. Simples assim. Profundo assim.

Essa rua estreita custa caro. Custa, muitas vezes, nossa reputação e nosso castelo de controle. Custa a soberba de acharmos que já conhecemos tão bem esse trajeto. Custa a nossa dignidade diante dos homens, como aconteceu com o Rei Davi, que dançou sem vergonha e medo ao reencontrar a arca do concerto, que representava a presença de Deus (cf. 2 Samuel 6).

Ali, de pé, diante daquela rua, comecei a andar com dificuldade por causa do vento. Meu coração parecia palpitar mais rápido do que normal, minhas mãos estavam fechadas por causa do frio provocado pelo vento, mas eu só conseguia pensar: “O que será aquela luz?”. O que eu fazia, onde estava e como ficaria não importava mais, porque o que ardia em mim era chegar até aquele brilho, e conforme mantinha meus olhos nele, esse sentimento aumentava.

Como a estrada não era uniforme, por causa das pedras, meus pés começaram a doer, embora estivesse calçando um tênis confortável. Ainda assim, eu não podia parar, tinha vindo de muito longe. O céu ia escurecendo, e após bastante tempo percorrendo aquele caminho, avistei uma casa entre muitas árvores. A luz que eu havia visto no começo da rua vinha de uma de suas janelas e continuava a brilhar, esperando por mim. Assim que me dei conta disso, comecei a correr sem muitos cuidados, já que, além de querer descobrir que luz era aquela, queria chegar à casa antes de escurecer completamente. Devido às imperfeições na estrada, perdi o equilíbrio e caí na terra, mas, rapidamente, levantei-me. Eu precisava terminar aquele trajeto.

# Exercícios práticos

*Buscar-me-eis, e me achareis, quando me buscardes de todo o vosso coração.* (Jeremias 29.13 – ARA)

1. Quando você reflete sobre sua vida, especificamente sobre seus anseios, consegue identificá-los? Quais são aqueles desejos que fazem você pensar: "Se eu tivesse isso ou aquilo, minha vida seria perfeita"? Anote esses anseios com calma.
2. Ao olhar para sua trajetória com o Senhor, quando foi a última vez que você O buscou intencionalmente e obteve uma resposta? A Palavra diz: "Se me buscardes de todo o coração, me achareis" (cf. Jeremias 29.13). Você acredita nisso?
3. Escreva cinco coisas que você deseja de Deus.
4. A intimidade com Deus não é somente para alguns, mas para todos. O que o levou a pensar o contrário? Houve alguma situação específica?

**Acesse o QR Code para ter um momento de oração comigo. Desconecte-se um pouco de tudo e passe esse tempo com o Espírito Santo.**

"Essa rua estreita foi feita para caminhar com apenas uma pessoa, uma só companhia, um vento muito forte: o Espírito Santo."

*Terceiro capítulo*

# A porta vermelha

Ao me aproximar da casa de onde vinha a luz, deparei-me com uma porta vermelha. Ela era extremamente larga e tinha uma maçaneta dourada. Era possível ouvir um som diferente vindo de dentro; mas o tom divino que aquele lugar carregava me deixou receosa em entrar. Parecia outra dimensão. Naquele instante, envolta em uma atmosfera de temor, comecei a relembrar das histórias bíblicas em que pessoas experimentaram esse temor diante da presença de Deus, não com uma conotação de medo ou algo negativo, mas como uma forma de reverência e cuidado diante de tanta santidade e excelência. Esse era o sentimento que rodeava aquela porta. Porém, apesar dele, era inegável o amor e a doçura que exalavam da mesma fonte. Acho impressionante essa ambiguidade na presença de Jesus. Como o Leão e o Cordeiro, juntos — figuras contrastantes, mas com a sua importância e grandiosidade.

Em frente à porta, havia alguns degraus de pedra. Ao chegar bem perto deles, tudo à minha volta pareceu congelar. Será que poderia entrar como estava? Será que poderia bater à porta? Será que atrapalharia quem estava no interior? Será que seria uma intrusa naquele momento?

***

Muitas vezes, quando nos deparamos com a obra da Cruz de Jesus Cristo, tendemos a aceitá-la como crianças; mas, depois de um tempo, sentimos a necessidade de pedir permissão para usufruir de toda a Sua plenitude. Assim, criamos uma "casca" de religião que enfatiza mais as obras do que o coração, mais o sacrifício do que a paixão, mais os milagres do que o amor — não que um seja mais importante que o outro; tudo faz parte dessa jornada tão importante que vivemos em Deus.

Diante daqueles degraus que me aguardavam, lembrei-me de um episódio que aconteceu em minha cozinha. Esse sempre foi um dos cômodos em que Deus mais falou comigo. Amo cozinhar, mas, mais do que isso, amo sentar-me com um chá quente em mãos e comer um doce que acabei de fazer, com todo o cuidado, ou que comprei. Sou extremamente exigente com sobremesas e doces, inclusive, sonho, um dia, ser degustadora desses programas de sobremesas. Em um desses momentos, estava preparando o meu chá quente — curiosamente, nessa data não havia nenhum doce, apenas meu chá de flores. Eu já havia lavado a louça e confesso que, àquela altura, já estava cansada, então enxuguei tudo, fui me sentar à mesa ao lado da pia e suspirei profundamente. Aquele havia sido um dia realmente estressante. Não me lembro exatamente do que tinha acontecido, mas era um daqueles em que eu tinha falado palavras que não deveria, sentido o que não deveria e pensado em desistir de algumas situações. Estava envergonhada por ter alimentado um coração que não parecia com o de Cristo, mas pedi perdão a Ele, ainda que daquele jeito sem graça. Então, pensei: "Pelo menos vou me consolar com um chá" (e que consolo, *hein*?).

Fechei os olhos com o primeiro gole e, ao abri-los novamente, levei um susto. Tive uma visão extremamente real, na qual, em cima da mesa, havia todos os meus doces preferidos: *macarons* coloridos, mil folhas, torta de maçã, creme *brulée*, cookies, bolos e tudo o que um confeiteiro aprende a fazer. Fiquei estática diante de tanta beleza. Aquilo encheu meus olhos de prazer e minha boca d'água. Porém, o espanto durou poucos segundos, tornando-se, logo em seguida, em um sentimento de vergonha e preocupação.

Na ocasião, eu vestia um moletom desbotado, chinelos nos pés; enquanto o meu cabelo estava preso em um coque horrível, minha cara estava lavada e cansada, e minha unha, malfeita. Para falar a verdade, não sei por que pensei, imediatamente, em como estava a minha aparência. Acho que era tanta beleza e requinte que eu não sabia como reagir. Logo pensei comigo: "Mas um banquete assim para alguém como eu?". Então ouvi o Espírito Santo falar ao meu coração: "Sim. É para você!". Meus olhos se encheram de lágrimas e, ao receber esse amor, olhei para a minha roupa novamente: ela também havia se transformado por inteiro. O moletom tinha se tornado um lindo vestido; o coque, um penteado; o chinelo, um sapato de salto; e, quando me dei conta, eu estava maravilhosa.

Aquele banquete não era para uma pessoa perfeita ou que, na ocasião, estivesse "no espírito", e sim para alguém que talvez merecesse umas boas "palmadas espirituais". Em meio àquela expressão de amor, pude compreender melhor o significado do amor que cobre uma multidão de pecados (cf. 1 Pedro 4.8), pois foi ele que me envolveu de forma tão surpreendente. No mesmo instante, eu me arrependi de todos os meus sentimentos ruins e passei a apenas receber o carinho de Deus Pai. Tudo o que eu mais queria era permanecer ali. Comecei a chorar de tanto constrangimento por esse amor inexplicável. Aquilo era um banquete de bondade servido para alguém indigno, mas, ainda assim, alguém com milhares de chances para acertar. Quando me vi dessa forma, tão adequada para estar ali, tão combinante com aquele cenário, a visão da mesa desapareceu e, de repente, me vi em pé outra vez, segurando o meu chá quase frio, mas com o coração quente de amor.

Talvez você esteja lendo esse livro e tenha uma lista mental de características que precisa mudar, mas o banquete do Senhor está a seu dispor. É interessante como a história do filho pródigo, em Lucas 15.11-32, nos traz essa perspectiva.

> *Jesus continuou: — Certo homem tinha dois filhos. O mais moço deles disse ao pai: "Pai, quero que o senhor me dê a parte dos bens que me cabe." E o pai repartiu os bens entre eles. — Passados não muitos dias, o filho mais moço, ajuntando tudo o que era seu, partiu para uma terra distante e lá desperdiçou todos os seus bens, vivendo de forma desenfreada. — Depois de ter consumido tudo, sobreveio àquele país uma grande fome, e ele começou a passar necessidade. Então foi pedir trabalho a um dos cidadãos daquela terra, e este o mandou para os seus campos a fim de cuidar dos porcos. Ali, ele desejava alimentar-se das alfarrobas que os porcos comiam, mas ninguém lhe dava nada. Então, caindo em si, disse: "Quantos trabalhadores de meu pai têm pão com fartura, e eu aqui estou morrendo de fome! Vou me arrumar, voltar para o meu pai e lhe dizer: 'Pai, pequei contra Deus e diante do senhor; já não sou digno de ser chamado de seu filho; trate-me como um dos seus*

*trabalhadores.'" E, arrumando-se, foi para o seu pai. — Vinha ele ainda longe, quando seu pai o avistou e, compadecido dele, correndo, o abraçou e beijou. E o filho lhe disse: "Pai, pequei contra Deus e diante do senhor; já não sou digno de ser chamado de seu filho." O pai, porém, disse aos servos: "Tragam depressa a melhor roupa e vistam nele. Ponham um anel no dedo dele e sandálias nos pés. Tragam e matem o bezerro gordo. Vamos comer e festejar, porque este meu filho estava morto e reviveu, estava perdido e foi achado." E começaram a festejar. — Ora, o filho mais velho estava no campo. Quando voltava, ao aproximar-se da casa, ouviu a música e as danças. Chamou um dos empregados e perguntou o que era aquilo. E ele informou: "O seu irmão voltou e, por tê-lo recuperado com saúde, o seu pai mandou matar o bezerro gordo." — O filho mais velho se indignou e não queria entrar. Saindo, porém, o pai, procurava convencê-lo a entrar. Mas ele respondeu ao seu pai: "Faz tantos anos que sirvo o senhor e nunca transgredi um mandamento seu. Mas o senhor nunca me deu um cabrito sequer para fazer uma festa com os meus amigos. Mas, quando veio esse seu filho, que sumiu com os bens do senhor, gastando tudo com prostitutas, o senhor mandou matar o bezerro gordo para ele!" — Então o pai respondeu: "Meu filho, você está sempre comigo; tudo o que eu tenho é seu. Mas era preciso festejar e alegrar-se, porque este seu irmão estava morto e reviveu, estava perdido e foi achado."*

Quando nascemos de novo ou temos um momento de reconciliação com Deus, sentimo-nos como o filho pródigo. Somos constrangidos por esse amor incrível e, como crianças, aceitamos o banquete, as vestes e as sandálias novas, e o anel. Porém, o tempo passa, e, sem percebermos, nós nos tornamos como o filho mais velho: críticos e julgadores, trabalhando para merecer e conquistar esse amor incondicional. Esquecemo-nos de que tudo o que é do Pai também é nosso. Esquecemo-nos do que o sangue de Jesus é capaz de fazer; assim, diminuímos Seu poder tentando merecer a salvação, a Graça e tudo o que Ele deseja nos dar.

Não estou falando de pessoas que não têm consciência ou que barateiam a Graça, usando a liberdade para satisfazer a carne e dar espaço para a libertinagem. Estou me referindo a pessoas que andam em santidade, que vivem as leis de Deus, mas que, por algum motivo, pararam de se colocar em posição de receber o banquete de amor de forma simples e humilde. A Graça não existe para pecarmos sabendo que depois poderemos pedir perdão, e sim para nos carregar e fortalecer enquanto vivemos em obediência à Palavra. É evidente que iremos errar, somos humanos, mas a Graça também nos ajuda a sermos transformados, de glória em glória, e aperfeiçoados pelo poder de Deus em nós (cf. 2 Coríntios 3.18).

> *Então ele me disse: "A minha graça é o que basta para você, porque o poder se aperfeiçoa na fraqueza." De boa vontade, pois, mais me gloriarei nas fraquezas, para que sobre mim repouse o poder de Cristo.* (2 Coríntios 12.9)

Assim que me sentei à mesa da cozinha, o Espírito Santo confrontou em mim o coração de irmão mais velho, que, no fundo, sentia a necessidade de ser melhor para estar ali. Mas o sangue de Cristo era suficiente. Naquele momento, meu coração estava vulnerável e aberto, e era só isso o que Ele queria de mim.

É impossível amar nosso próximo como Jesus nos ama se nunca paramos para receber esse amor. Isso porque só podemos dar aquilo que temos; só somos capazes de direcionar alguém para onde já fomos e ensinar o que já aprendemos. E como recebemos o amor de Deus? Assim como uma criança recebe um prato de comida de sua mãe e não questiona se ele foi dado com as intenções corretas, se ela terá de pagar por aquilo ou se o alimento está contaminado com um veneno mortal; ela simplesmente o recebe. Contudo, mesmo que estejamos falando das mães mais maravilhosas do mundo, o Senhor consegue ser ainda mais incrível do que todas elas, oferecendo sempre boas dádivas para Seus filhos. Receber o amor é simples, mas requer humildade para acreditar que esse amor é realmente incondicional e eterno.

Muitos cristãos andam cansados, sem brilho ou esperança, pois pararam de receber da fonte. O ministério, o chamado, o serviço e o trabalho tomaram conta de tal maneira que eles começaram a andar com o tanque vazio: sem amor, sem paciência e sem alegria, atributos inerentes às crianças. Quando isso acontece, passamos a oferecer ensinamentos, doutrinas e teologias vazias de Deus, pois, ao nos sentarmos à mesa, enxergamo-nos indignos. Frequentemente preferimos nos segurar no conforto de nosso próprio esforço do que nos sentarmos em humildade, mesmo envergonhados, e deixarmos que o Pai troque a vergonha por honra, o cansaço por leveza e a tristeza por alegria.

"Ah, então é só ficar sentadinho no banquete enquanto o mundo está morrendo? Você está querendo dizer que só preciso ser como Maria, sentada aos pés de Jesus, e não como Marta, que estava sempre pronta para servir? Quem será as mãos de Cristo para os perdidos?". A resposta para todos esses questionamentos é simples: pessoas cheias de amor são mais eficientes no ministério; dão conta, sobrenaturalmente, de mais vidas; têm convicção do que devem ou não devem fazer, já que cultivam um relacionamento com o Espírito Santo; sabem também como estender a mão ao perdido e ter resultados, além de descansar em Deus e trabalhar com Ele. Quem faz a obra é o Espírito Santo, e não a nossa força. Nossa dedicação, excelência e entrega são vitais, mas sem amor, de nada vale. Uma coisa não anula a outra. Ser servo é importante e imprescindível em tudo o que vivemos, mas o amor é o elo entre todas as coisas.

> *E, sobre tudo isto, revesti-vos de amor, que é o vínculo da perfeição.* (Colossenses 3.14)

Ali, em pé, diante daquela porta vermelha, lembrei-me do banquete em minha cozinha. Ainda mais do que isso, recordei-me das palavras que o Espírito Santo tinha me falado e da transformação que Ele havia causado em mim naquele momento. O sentimento que rodeava a entrada daquela casa era o mesmo que eu tinha experimentado no dia em que percebi que tudo o que eu precisava fazer era aceitar. Aceitar que aquela casa era, sim, o meu lugar, e que talvez eu não merecesse estar ali, mas, mesmo assim, pertencia àquele local. Contudo, algo ainda me prendia no primeiro degrau, impossibilitando-me de subir os próximos e chegar à porta. Senti que precisava despedaçar algo em mim: a minha autossuficiência.

Instantaneamente, lembrei-me de todas as vezes em que eu havia "dado um jeito" em algo — não o "jeitinho brasileiro" que todos conhecem, mas o de resolver tudo sozinha, de chorar sem me expor para ninguém, de engolir as ofensas e não lidar com elas, de tentar fazer com que todos ficassem felizes, muitas vezes, ouvindo sobre suas vidas, sem nunca falar a respeito da minha. Passei a me lembrar de todas as vezes em que segurei a paz ao meu redor só para evitar o conflito, em que tracei os meus planos financeiros e não perguntei a Deus o que Ele pensava, em que ouvi os meus próprios conselhos, e não os da Palavra de Deus.

Minha autossuficiência regava o orgulho em meu coração. Era como se eu tivesse uma planta bem escondidinha em mim, e a regasse toda vez que não corria para Deus em oração, e sim para os meus próprios recursos. A verdade é que, na maioria das vezes, nosso maior vilão não é a imensidão dos nossos problemas, mas nossa falha em não levar tudo aos pés da Cruz. Não são nossas tribulações os grandes gigantes, mas nossa mania de sempre controlar tudo e achar que sabemos o que estamos fazendo sem consultar o nosso grande Amigo Jesus.

Com isso, sem nos darmos conta, tornamo-nos experts em respostas prontas, em soluções para a vida alheia, em falar o que o outro deve ou não fazer, em sermos os donos da verdade, pois, no fundo, o que nos traz segurança é sentir o poder em nossas próprias mãos.

***

Precisava mais uma vez mudar minha mentalidade. Não era mérito meu entrar por aquela porta. A Graça havia me convidado. Eu sabia disso em meu espírito, mas minha mente questionava: "Será?". Lentamente, comecei a subir os degraus, afinal, eu não poderia ficar a noite inteira ali. Precisava bater à porta vermelha.

O som de dentro da casa, aos poucos, começou a diminuir, como se todos tivessem ido descansar ou se retirado para os fundos da residência. O silêncio passou a invadir a rua. Subi os degraus e, ao chegar perto da porta, reparei em um *post-it* colado nela, que dizia: "Pode entrar, Zoe!". Mais uma vez, aquela mesma emoção de quando o Espírito Santo havia falado comigo na cozinha veio à tona.

Como alguém poderia estar me esperando naquela casa? Nunca havia estado ali antes, apesar de tudo parecer tão familiar para mim. Era como se eu já tivesse pertencido àquele lugar, mas, ao mesmo tempo, tudo fosse uma novidade. Não tinha como ficar parada, então, bem devagar, tentando não fazer barulho, eu segurei a maçaneta dourada e a girei. Empurrei a porta com muito cuidado e me surpreendi com o quanto era pesada. Antes mesmo de colocar a cabeça para dentro, senti um cheiro maravilhoso que vinha de algum dos cômodos.

Aquele cheiro era extraordinário, como tortas de maçã quentes que haviam acabado de sair do forno. Uma mistura de cheiro de casa com aconchego e carinho. Sem saber exatamente o que fazer, entrei e disse: "Olá?! Alguém está aqui?". Pude ouvir algumas vozes, mas elas pareciam distantes de onde eu estava. Apesar de querer descobrir de que lugar vinha o cheiro, comecei a reparar no hall de entrada.

Havia uma escadaria gigante e, na parede que a acompanhava, várias fotografias emolduradas e pinturas que, de alguma forma, remetiam ao passado. Ao me aproximar, notei que aquelas fotos eram todas minhas. O momento em que ganhei a minha primeira flauta, o dia em que eu fui viajar com minha família para Inglaterra, o dia em que celebramos o Natal todos juntos em oração, e instantes de grande alegria e paz. Que emocionante foi ver minhas fotos naquele lugar. De uma maneira bem incomum, as memórias pareciam tornar aquela casa minha também.

Conforme olhava ao redor, sentia como se aquele local tivesse sido feito para mim. As cores, os móveis, as fotos na parede... tudo parecia ser exatamente do meu gosto. Como alguém poderia saber disso? Depois de um tempo observando as fotos e o espaço, percebi que ainda não havia conhecido o dono da casa.

Assim que esse pensamento surgiu em minha mente, ouvi um assobio de uma linda melodia, que vinha de uma sala com portas duplas de madeira. Elas estavam praticamente fechadas, mas, pela fresta, uma luz vinha ao meu encontro. Com certeza, havia alguém bem-humorado do outro lado, do contrário, não assobiaria tão alegremente.

A essa altura, a curiosidade já gritava mais alto do que o medo — ou qualquer outro sentimento. Não bastasse o hall de entrada com fragmentos da minha vida e todos aqueles detalhes estranhamente desenhados para mim, o que poderia ter dentro dos outros cômodos daquela casa, então? Com a cara e a coragem, resolvi entrar e descobrir por mim mesma.

# Exercícios práticos

*Se confessarmos os nossos pecados, Ele é fiel e justo para nos perdoar os pecados e nos purificar de toda injustiça.* (1 João 1.9 – ARA)

*Cria em mim, ó Deus, um coração puro, e renova dentro de mim um espírito inabalável.* (Salmos 51.10 – ARA)

1. Você já se sentiu culpado ou sujo a ponto de ter vergonha de Deus? Quando isso aconteceu? O que estava acontecendo em sua vida?
2. Cremos que Deus nos purifica de toda impureza quando Lhe pedimos, pois Ele é fiel e justo para nos perdoar. O que o impede de se perdoar? Quais pensamentos passam pela sua mente a respeito de si mesmo? Anote todos.
3. Agora, com a ajuda do Espírito Santo, anote o que a Bíblia diz sobre você em contrapartida a tudo o que você escreveu acima. Perceba como, muitas vezes, acreditamos em algo que Deus jamais pensaria ao nosso respeito.
4. Em quais áreas do seu coração a autossuficiência ou a autocondenação tem governado, a ponto de afastar você da presença de Deus?

**Acesse o QR Code para ter um momento de oração comigo. Desconecte-se um pouco de tudo e passe esse tempo com o Espírito Santo.**

"Receber o amor é
simples, mas requer
humildade para acreditar
que esse amor é
realmente incondicional
e eterno."

*Quarto capítulo*

# A biblioteca magnífica

Empurrei as duas portas de madeira e, quando elas se abriram, mal podia acreditar... Quanta beleza havia lá dentro! Paredes forradas com estantes de livros, carpetes tão coloridos e floridos, como jamais havia visto antes. Isso sem contar as janelas gigantescas que davam espaço para a luz da lua entrar. No centro da sala, havia duas poltronas de veludo vermelho bem grandes. Uma estava vazia, e a outra, ocupada pelo homem que assobiava. Assim que me viu, ele parou o assobio, levantou-se com um olhar cheio de expectativa e exclamou com alegria:

— Oi, Zoe! Finalmente você entrou aqui! Ouvi seus passos na entrada da casa!

O homem, apesar de grande e forte, tinha cabelos grisalhos, era muito sorridente, e, rapidamente, veio em minha direção com braços estendidos e me deu um grande abraço, como se nos conhecêssemos há muito tempo. Ao receber aquele abraço, senti-me totalmente envolvida, como da vez em que tinha cinco anos de idade. Aquele parecia ser o mesmo abraço. Ou seria a mesma pessoa? Em seguida, Ele apontou para a cadeira e disse, muito empolgado:

— Sente-se, sente-se... eu sei que essa é a sua poltrona preferida! Escolhi pensando em você!

Eu, sem saber o que responder, gaguejei um pouco e disse:

— Nossa! Muito obrigada. Eu não sabia que Você estava me esperando!

— Eu sempre te espero, mesmo quando você acha que não. Esta é a nossa sala, o lugar onde sempre temos nossas conversas. Hoje, resolvi te dar um gostinho visual do lugar em que esses momentos acontecem.

— Então... eu já estive aqui antes?

O homem sorriu e acenou com a cabeça que "sim". Logo depois, ficou um pouco mais sério e disse:

— Você se lembra de quando seu pai foi embora? Então, aqui aconteceu nosso primeiro encontro. Eu te dei um abraço gigantesco quando você era bem pequenina e, como sempre, você, com sua simplicidade, me fez dar muita risada.

Naquele instante, minhas lágrimas começaram a escorrer. Não conseguia parar de chorar com todas as memórias daquele momento vindo à tona. Eu sabia que aquele abraço havia me sustentado e trazido respostas ao meu coração. Estava chorando não de tristeza, mas de constrangimento por aquele amor que não tinha limites. Talvez eu nunca tivesse me visto naquela sala, mas ela sempre existiu no coração do Pai. Todas as nossas conversas tinham acontecido naquela biblioteca, e Ele nunca tinha parado de me esperar diariamente, pois sempre que eu O chamava, Ele estava ali. Tentei me recompor e disse:

— Então, você é o Pops?! Desculpe, eu Te chamo assim desde sempre. É o meu jeito carinhoso de Te chamar de "Pai".

— Sim! Eu amo esse apelido!

— Claro, eu também Te chamo por outros nomes, como Pai Eterno, Majestoso Rei, Santo, Grande Eu Sou... mas, nesta sala, é só Pops mesmo.

— Eu sei, Zoe, te conheço bem. E o que você achou da casa, por enquanto?

— Ela é maravilhosa! Estou um pouco sem palavras no momento. Há muita coisa acontecendo dentro de mim.

— Que bom! Geralmente, essa casa produz esse efeito em você.

— Como assim, "geralmente"?

— Você está praticamente sempre por aqui, só que hoje Eu abri os seus olhos para enxergá-la.

— Nossa, então é por isso que tudo é tão familiar aqui dentro? O cheiro, a sensação...

— Você se escondeu por muitos anos nesta casa. Em vários momentos, aqui era o único lugar em que se sentia bem.

— Sim, aqui, o sentimento de pertencimento parece satisfeito.

— Pois é... Você se lembra das suas maiores lições aqui nesta biblioteca?

— Eu creio que sim. Foram as conversas mais profundas e difíceis que tive com Você.

— Exatamente, aquelas que tivemos várias vezes, até resolvermos **de verdade**.

— Conversamos sobre quem eu era, o que gostava e odiava em mim e o que eu queria que mudasse em mim. Esses momentos eram um pouco tensos. Acabava me xingando, mas depois me perdoava. Eu parecia uma doida, me odiando, e depois me amando.

— Mas, no final, você sempre acabava ouvindo a verdade de que existia esperança.

— Pois é, as Suas verdades sempre foram bem diferentes das minhas.

— Sim, filha. Sempre acreditei e sempre vou acreditar em você. Você é Minha e sempre será.

Ali, sentada, olhando para aquele sorriso brilhante de Pops, me questionava como Ele conseguia ver tantas coisas lindas em mim. E mais, Ele realmente me conhecia. Sabia quantas caixas de lenços tinha usado ali e também o número de risadas que havíamos dado juntos.

Então, Ele interrompeu os meus pensamentos e disse:

— Que tal você fechar os seus olhos e se lembrar de todos os momentos que tivemos aqui? Lembrando que ontem mesmo você esteve aqui. Quero que se recorde das lições mais uma vez.

Fiz conforme o que Ele havia dito. Inclinei-me na poltrona, fechei os meus olhos e, como a um filme, assisti a todos os momentos que vivi naquela biblioteca, inclusive os recentes, começando desde o primeiro encontro até o momento mais escuro, quando tive depressão, após os 16 anos de idade.

***

Na época, não havia acontecido nenhuma tragédia, mas um espírito de morte rondava a minha vida, e eu achava que aquela companhia era normal. Foram anos lutando contra pensamentos de morte, derrota e desesperança. Achava que aquilo não tinha saída. Era algo mais forte do que eu, mas, ao mesmo tempo que eu não colocava a culpa em ninguém, também tinha medo de contar para alguém. Tudo o que eu conseguia pensar era sobre a minha culpa, o meu defeito, o meu problema, o meu buraco. Por que incomodaria os outros? Por que pediria ajuda se a culpa era minha? Ou até mesmo, por que incomodaria Deus, que tinha problemas maiores para resolver? Eu precisava ser forte, guerreira, alegre, durona e vitoriosa. Isso era o que eu pensava. Mal sabia eu que a minha falta de vulnerabilidade me levaria ainda mais fundo em meu buraco.

Dessa maneira, fui criando uma casca de perfeição e vitória. Tudo com muito esforço. Não era falsidade. Tudo era verdadeiro em mim, mas era como tapar o sol com a peneira. Talvez usar o positivismo era, em parte, importante naquela época, mas, no fundo, não entendia a razão de a tristeza nunca ter ido embora de mim. Foram anos muito escuros em que a única coisa que me deixava em paz era o meu tempo de adoração sozinha. Foi por meio das canções que escrevi que consegui achar cura para coisas que nem sabia que existiam dentro de mim. Nunca almejei cantar ou ministrar louvor, mas amava, por meio da minha música desafinada e limitada, expressar o meu coração a Deus. Foram nesses momentos que comecei a encontrar a minha identidade em Jesus.

Hoje em dia, muitos jogam a palavra "identidade" para lá e para cá, como se correspondesse ao nosso chamado, nossa missão na Terra. Sim, o nosso chamado anda de mãos dadas com nossa identidade, mas ela tem pouco a ver com nossas capacidades e habilidades, e tudo a ver com o que Deus enxerga quando olha para nós. Muitas pessoas podem lhe falar o que Deus vê em você, mas somente quando você mesmo ouve d'Ele como Ele o enxerga, é que se torna capaz de entender quem realmente é.

Com o tempo, aprendi a conviver com a tristeza. Tinha dias que não queria fazer nada, mas eu reagia e os enfrentava. Obviamente, para não pensar no que estava acontecendo, eu descarregava em coisas como comida, isolamento social, livros e sono. Até que finalmente cheguei a um lugar em que precisei pedir ajuda. Estava cansada de esconder o que acontecia, de tentar e não conseguir colocar um ponto final em minha angústia. Resolvi pedir ajuda para a minha mãe, e depois fomos atrás de um profissional, o que foi muito importante, pois ele receitou medicamentos que me ajudaram quimicamente a recuperar o equilíbrio, já que o fato de não estar balanceada acabou agravando os sintomas em minha mente. Como sempre digo, a depressão não é somente espiritual, ou somente física, ou somente emocional. Geralmente, é um conjunto de muitos fatores. Durante esse tempo, sempre fui bem recebida e ajudada. Entretanto, existem coisas nas quais ninguém pode nos ajudar. A terapia é incrível, porque revela o que está acontecendo dentro de nós, além de nos mostrar os nossos mecanismos psicológicos. Isso sem contar o apoio, amor e paciência dos nossos amigos e familiares, que são essenciais, mas é importante entendermos também que apenas o Espírito Santo pode entrar em lugares profundos em nós e realmente "nos resolver", curar e transformar.

Justamente por isso afirmo que, apesar de toda a ajuda que recebi, nada chegou aos pés do que Deus fez dentro de mim. Mesmo tendo o encontro aos cinco anos de idade e a revelação da paternidade de Deus, eu precisava me encarar — encarar minhas limitações e fraquezas —, e, ainda assim, aprender a me ver como Deus me via.

Em 2009, eu estava em uma Conferência Dunamis, uma das primeiras que fizemos, sentada no meio da multidão. Não estava, como de costume, sentada com os músicos, na frente do salão. Naquele dia, o preletor convidado, Craig Kinsley, um homem que se movia poderosamente no profético, apontou o dedo para mim e pediu que eu me levantasse. Ele não sabia nada sobre a minha vida e muito menos sobre as pessoas daquele lugar. Então, ele me olhou bem fixamente, e, com autoridade, disse:

— Hoje se encerra um ciclo na sua vida. O espírito de morte não terá mais controle sobre você nem a perturbará mais. Ainda hoje, você verá o mundo e a sua própria vida de forma completamente diferente. Assim como Daniel esperou 21 dias para obter a sua resposta, enquanto os anjos guerreavam para chegar até ele, você esperou 21 anos para ter a sua resposta. Por anos, Satanás quis tirar a sua vida, mas ela pertence a Deus. Seus olhos nunca mais serão os mesmos, a partir de hoje, você está liberta!

Aquele homem não fazia ideia do que havia me dito! Desde o meu nascimento, o Diabo guerreou para tirar a minha vida. Quando a minha mãe estava grávida de mim, eu acabei morrendo dentro do seu útero. Então, para que o feto fosse eliminado, o médico deu remédios a ela. Contudo, após tomar metade dos medicamentos, ela se sentiu incomodada e resolveu fazer mais exames. Durante os novos exames, os médicos não ouviram meu coração bater e, assim que fizeram a ultrassonografia, viram que o útero da minha mãe estava vazio; não havia mais bebê lá dentro.

Minha avó e minha mãe, ambas mulheres de oração, voltaram para casa e oraram mais uma vez. No dia seguinte, retornaram ao médico, que fez o exame novamente e, para surpresa de todos, **havia um bebê** com o coração batendo fortemente.

O médico começou a pular de susto e felicidade ao mesmo tempo! Como isso tinha acontecido? Ele perguntou para a minha mãe se ela tinha tomado os remédios da caixa, e ela respondeu que sim. Na hora, a preocupação capturou a sala. O médico, sem enrolar, logo disse que provavelmente o bebê teria sequelas daqueles medicamentos, mas, mesmo assim, minha mãe se encheu de fé e creu que independentemente de como eu fosse nascer, o Senhor era com ela.

Bom, para a surpresa de todos, eu nasci em 1983, sem nenhum defeito físico ou sequela. Claro que nasci um pouco excêntrica (*risos*). O Diabo havia tentado roubar minha vida desde o meu nascimento, e continuou a me atormentar durante a minha adolescência, mas, até aquele dia, eu ainda estava viva, ouvindo as palavras daquele homem na conferência.

Enquanto Kinsley falava o que Deus lhe mostrava, eu fiz as contas. Naquela época, eu tinha 26 anos, e meu processo de libertação e relacionamento com Deus havia começado quando eu tinha cinco anos, o que realmente totalizava 21 anos. Tudo havia começado naquele primeiro encontro com Deus Pai e Seus braços de amor. Em 2009, um ciclo se findava enquanto outro começava. Muitos podem questionar: "Mas por que Deus não te libertou de vez antes? Por que demorou tanto tempo? 21 anos? Que exagero...". Hoje, eu olho para trás e vejo tanta beleza naqueles 21 anos! Eles não foram todos escuros, sem alegria e, com certeza, não foram anos em que estive sozinha. Houve, sim, momentos muito difíceis, em que pensei que não aguentaria mais segurar nas mãos de Jesus, e até momentos em que fui levada a tentar tirar minha própria vida, mas caía em mim e acordava. Por outro lado, foram os momentos em que aprendi a melhor lição da minha vida: nosso maior tesouro na vida é nosso relacionamento com Deus. Foram 21 anos em que nunca me faltou nada; 21 anos de proteção contra abusos que tantos sofrem; 21 anos de amor incondicional do Pai; 21 anos de fidelidade nas pequenas e grandes coisas; 21 anos em que descobri mais de Deus, de forma lenta e limitada.

Deus nunca desperdiça nada em nossa vida. Pode parecer que estamos parados no tempo, que nossa aflição nunca acaba, mas o dia da colheita sempre chegará. José viveu anos e anos sem saber a respeito de sua família ou como seria seu futuro, sendo injustiçado e aprisionado. Contudo, aquele ciclo em sua vida teve um fim. Mesmo assim, é essencial lembrarmos que o importante nunca é o ciclo terminado, e sim o que aprendemos na espera, o que tiramos de lição quando nada dá certo e os momentos que passamos por períodos de solidão e deserto. Isso é o que nos constrói verdadeiramente e nos torna inabaláveis.

Na manhã seguinte à conferência, acordei e realmente não havia mais nada que me pesasse. Então, um dia inteiro se passou, depois, uma semana inteira e, em seguida, um mês inteiro sem nenhuma guerra espiritual com o espírito de morte. Estava tudo leve, claro e vivo. Algo realmente tinha acontecido comigo no findar daquele ciclo. Tudo parecia novo dali em diante. Quão poderoso é o poder do sangue de Jesus e da libertação que Ele nos traz!

Contudo, para ser bem honesta, a minha maior felicidade não foi ter acordado liberta, e sim ter percorrido um caminho longo e valioso com Deus Pai. Os dias em que lutava contra mim mesma, contra meus pensamentos e monstros em minha mente foram os dias que aprendi a "me esconder em Cristo". Eu, mesmo sem saber, fui para a fonte de todas as curas e soluções: aos pés de Jesus.

Aquela biblioteca não tinha apenas a minha poltrona preferida, mas, em suas paredes, ecoavam todas as orações, dúvidas, canções e frustrações que eu expressava para Deus Pai, e Ele sempre me respondia com Seu jeito misterioso. Por vezes, Deus simplesmente permanecia em silêncio por semanas e me segurava com delicadeza. Em outros dias, Ele compartilhava tantas coisas comigo que precisava anotar todos os versículos que me mostrava. Aquilo enchia a minha alma. E alguns dias também, Ele proferia uma simples palavra que me sustentava por meses e meses. Não precisamos de todas as respostas, todas as direções e, muito menos, de todas as revelações. Precisamos de mais amor. Precisamos de mais fome. Precisamos de mais entrega.

Ficar revoltado porque Deus não lhe responde ou não lhe dá o direcionamento que você quer é agir como uma criança que se joga no chão do supermercado e faz um escândalo querendo seu doce preferido. É imaturo, vergonhoso e vem de um lugar que expressa a falta de confiança no amor do Pai. Quanto mais reconhecemos Sua presença em nossas vidas, menos respostas exigimos. Quanto mais profundos nos tornamos em Seu amor, mais aprendemos o poder de descansar em Suas palavras, que já nos foram dadas por meio da Bíblia. Quanto mais cultivamos uma vida de oração, mais entendemos que nosso tempo está em Suas mãos. Quanto mais nos apaixonamos por Ele, mais satisfeitos somos com Ele e, também, conosco.

Foi sentada naquela poltrona que aprendi a me enxergar como Deus me vê. Obviamente, eu me sento nessa poltrona todos os dias até hoje, e, mesmo assim, nem sempre me vejo com esses olhos, mas todas as manhãs pergunto para Deus o que Ele vê em mim.

São tantas vozes em nossa vida: a mídia, a sociedade, os nossos colegas, os líderes, os familiares. Porém, a voz mais importante sempre será a do Pai. Essas vozes podem até vir recheadas de boas intenções, mas nunca devem nos alimentar e muito menos nos definir. Um dos maiores segredos da minha vida é o que faço com os primeiros minutos do meu dia, nos quais eu simplesmente recebo o amor do Pai no meu tempo sozinha com Ele. Ali, encontro direcionamento para o dia, tenho meu espírito fortalecido e a certeza de que Ele sempre me vê e sabe o que é melhor para mim.

⁂

Já estava com os olhos fechados há um tempo quando Pops, com Sua maneira sutil, me despertou, dizendo:

— Filha, você deve ter se lembrado de tantas coisas... Faz um bom tempo que está aí pensando. Quero te mostrar uma memória desta sala. Você se lembra do espelho?

— Claro que me lembro! Aquele dia pareceu tão bobo, mas era algo que eu precisava muito resolver.

Comecei a me lembrar de uma época da minha vida em que estava me sentindo muito feia. Sei que todos se sentem assim alguma vez na vida, porém, eu me sentia feia todos os dias e isso durou anos. Foi quando, exausta por travar uma guerra constante com a balança, vendo o meu peso que só aumentava, sentei-me no chão e chorei. Chorei muito.

Ele, com delicadeza, levantou minha cabeça e disse que me daria um presente: um lindo espelho, com bordas douradas. Eu mal conseguia levantar o rosto, mas Ele insistiu e colocou o presente em minhas mãos.

O espelho era do tamanho de um livro grande, e, além de pesado e brilhante, era muito bonito. Quando olhei e vi minha imagem, mal conseguia acreditar no que estava refletido. Tudo era lindo, perfeito e especial. Assim que percebeu minha reação, Pops me disse: "O espelho representa meu amor por você". Eu não conseguia nem respirar direito. Queria que todos olhassem para o espelho também, que se vissem pelos olhos d'Ele, assim como eu. Entendi que aquilo não era somente para mim, era para todos aqueles que viviam presos no espelho humano sem poder experimentar o amor libertador do Pai.

Na Bíblia vemos que o espelho é comparado à Palavra de Deus; é o que revela como realmente estamos.

*Porque, se alguém é ouvinte da palavra e não praticante, assemelha-se àquele que contempla o seu rosto natural num espelho; pois contempla a si mesmo, se retira e logo esquece como era a sua aparência.* (Tiago 1.23-24)

Ele revela nosso reflexo, nossos pensamentos, nossos sentimentos, nossos medos e anseios. E ali podemos deixar que a Palavra traga à tona o que precisa ser trazido. É onde podemos ser transformados e conhecer nossa verdadeira identidade. O espelho nessa história não era somente para mim, mas para todos que desejam se aproximar d'Ele e descobrir o que está nesse espelho. Esse espelho é o amor de Deus por nós. Basta olhar dentro dele e descobrir o que nos pertence e o que pode ser lavado e retirado para sermos quem realmente somos para o Pai.

Após me lembrar de tudo isso, eu e Pops apenas sorrimos um para o outro. Aquelas histórias tinham construído quem eu era até ali e quem eu seria no futuro. A verdade é que o espelho tinha pouco a ver com minha aparência; ele refletia meu coração, que é o que realmente importava para Deus Pai. Gratidão ainda seria uma palavra pequena demais para expressar todo o meu sentimento naquele momento. Então, Ele se levantou e disse:

— Filha, agora é hora de você subir as escadas e visitar o quarto branco. Ninguém está te esperando lá, mas é importante que você entre naquele quarto. Te vejo depois, pode ser?

— Tudo bem, mas eu queria muito ficar aqui. Aqui é meu lugar preferido.

— Eu sei, mas você ainda vai conhecer a casa toda!

— Ok! Mas antes de subir, quero Te agradecer mais uma vez por nunca ter desistido de mim. Obrigada por me fazer enxergar esta linda sala onde Você me encontra até hoje. O que eu seria sem Você?

Naquele instante, eu O abracei, como sempre faço todas as manhãs, mas, sem dúvida, parecia muito mais real, como se eu nunca O tivesse abraçado antes daquele jeito. Que amor era aquele? Jamais conseguirei colocar em palavras tudo o que estava sentindo.

Contudo, era tempo de subir as escadas para o andar de cima, onde o quarto branco me aguardava. O que será que encontraria lá? Por que será que tinha esse nome?

# Exercícios práticos

*Como um pai se compadece de seus filhos, assim o Senhor se compadece dos que o temem.* (Salmos 103.13 – ARA)

*Vede que grande amor nos tem concedido o Pai, a ponto de sermos chamados filhos de Deus; e, de fato, somos filhos de Deus.* (1 João 3.1 – ARA)

1. O que a presença de Deus gera dentro de você? Quais sensações ela lhe proporciona? Como seu corpo reage? O que passa pela sua mente? Anote com calma.
2. Enxergar Deus como Pai nem sempre é fácil, especialmente se não tivemos uma boa experiência com nosso pai terreno. Como Deus tem sido Pai na sua vida? Em que áreas a paternidade d'Ele se manifesta no seu dia a dia?
3. Já houve um momento em que você quis desistir de tudo? Talvez até tirar sua própria vida? Descreva esse momento difícil e como você conseguiu seguir em frente, apesar de tudo.
4. Tire um tempo para se olhar no "espelho do amor" e perceba o que Deus sente por você. Está com dificuldade? Abra seus versículos preferidos da Bíblia para guiá-lo nesse momento e anote o que você vê nesse espelho.

**Acesse o QR Code para ter um momento de oração comigo. Desconecte-se um pouco de tudo e passe esse tempo com o Espírito Santo.**

"Todas as nossas conversas tinham acontecido naquela biblioteca, e Ele nunca tinha parado de me esperar diariamente, pois sempre que eu O chamava, Ele estava ali."

*Quinto capítulo*

# Encarando o vazio

Lentamente, subi as escadas de madeira em direção ao quarto que Ele tinha mencionado, enquanto tentava não me distrair com as experiências que tínhamos vivido naquela biblioteca e que ainda rondavam os meus pensamentos. Como o meu coração estava cheio! Lembrar-me de todas aquelas memórias com Ele ao meu lado, e como Ele tinha me curado, havia sido realmente incrível e restaurador.

Ao chegar no segundo andar, vi que havia apenas uma porta, bem no fundo do corredor. Devagar, eu me aproximei e percebi que nela havia uma placa de metal parafusada, com uma palavra escrita: "vazio". "Que estranho, será que é o lugar certo para entrar?", pensei comigo. Olhei novamente para o corredor, para me certificar de que aquela era a única porta, e realmente não havia mais nenhuma. Senti um pouco de medo, mas resolvi entrar.

Abri a porta e logo me deparei com uma sala toda branca: as paredes, o chão, o teto, tudo era branco. Não havia móveis nem quadros ou enfeites; somente aquele branco que ofuscava o olhar e me trazia a sensação de estar em um fundo infinito, claro e brilhante. Fechei a porta atrás de mim e comecei a me esforçar para buscar aquela sala em minha memória, já que, assim como toda a casa, parecia-me extremamente familiar. Entretanto, aquele cômodo em especial não me trazia conforto nem um sentimento de felicidade. "Como uma casa incrível como essa pode ter um quarto sem nada, assim?", eu, silenciosamente, me questionava.

De repente, enquanto fazia aquelas buscas em minha memória, como uma cachoeira, todas as lembranças começaram a me inundar. Eu realmente já havia estado naquele quarto antes, em um tempo em que me encontrava sem respostas, sem saída e sem esperança; com um sentimento de que tudo havia acabado, de que todos tinham ido embora e de que nada mais adiantava. A sala representava exatamente a sensação e a junção de todos aqueles episódios: o vazio.

Enquanto essas recordações atingiam a minha mente, dirigi-me para o centro da sala e me sentei no chão. Fechei os meus olhos e passei a me concentrar nos momentos doloridos que tinha vivido naquele lugar. Como um filme, minha memória me trazia lembranças dos momentos em que havia me sentido completamente perdida, sem enxergar nenhuma chance de voltar atrás, traída por Aquele em Quem tanto confiava. Ali, me encontrei vazia como aquela sala, — que não tinha nada, mas era muito brilhante. Naquela sala, o tempo não corria como na biblioteca, que, apesar de ter trazido uma realidade tão dura, me permitia ter Pops sempre comigo, carregando-me com carinho. Não, esse lugar era muito diferente. Naquele quarto, eu tinha que amadurecer mais rápido.

Sentada no chão, comecei a relembrar uma época em que havia retornado para casa, após um tempo morando fora do Brasil. Naquele período, porém, minha família tinha se mudado para fora do país também e, quando cheguei aqui, encontrei-me sem eles. Eu não sabia o que faria da minha vida, e nem mais o que deveria estudar ou com o que trabalhar. Com a minha volta, retornei também para a minha igreja local, mas meus amigos tinham mudado de cidade e os que haviam ficado, mudaram a maneira de me tratar. Eu me sentia verdadeiramente um peixe fora d'água.

Hoje, olhando para trás, percebo que, talvez, eu tenha mudado mais do que qualquer um e parecia não me encaixar mais. Além dessas mudanças difíceis, a pessoa com quem eu estava começando um relacionamento havia me trocado por uma amiga minha, e isso me machucou demais. Estava sem emprego, sem estudo, sem rumo, sem amigos, sem família, sem aquele "alguém especial" e, o pior de tudo, sem direção.

Em uma madrugada de 2002, fui para a varanda do apartamento onde estava morando sozinha e gritei para Deus: "Senhor! Não aguento mais! Você tirou tudo de mim!". Pensei que seria apenas um desabafo, mas, logo em seguida, ouvi uma voz bem forte que me respondeu: "Isso, filha... agora eu posso ser tudo para você!".

Eu não sabia o que dizer. Aquela resposta veio como uma facada em meu coração. Até aquele dia, eu não havia entendido de verdade o que significava Deus ser tudo para mim — não era daquele jeito que soava como: "Já que não tenho mais nada, vai isso aqui mesmo". Deus ser tudo para mim era Ele me satisfazer, sendo a minha motivação para acordar, trabalhar, sorrir, amar e viver.

É fácil dizer que Deus é tudo para nós quando estamos satisfeitos com todas as outras coisas de nossa vida, quando nossas mãos estão cheias de oportunidades, recursos e saúde. Mas quando nos encontramos "pobres de espírito", começamos a entender tudo o que Ele é para nós. Deus não é somente um canal de bênçãos, saúde e prosperidade, Ele é a pessoa mais importante que alguém pode conhecer.

Todos os meus colegas estavam engrenando em suas carreiras profissionais ou terminando seus estudos. E lá estava eu, cheia de sonhos, mas sem realizar nenhum. Outros já estavam se casando ou prestes a ter filhos, e eu me encontrava sem ninguém. Alguns já sabiam, pelo menos, o que queriam da vida, mas eu não fazia ideia do que iria querer no dia seguinte. Foi em meio a esse cenário que comecei a entender o significado da palavra "dependência" por uma nova perspectiva. Não era a respeito do que eu **fazia**, mas de quem eu **era** para Ele. Não era o que eu tinha em minhas mãos, mas **Quem** me segurava pelas mãos. Não era quem me amava, mas o amor incondicional de Deus, que nunca pararia de me amar apaixonadamente.

Enquanto tudo isso acontecia, eu me dei conta de que não tinha estado naquele quarto branco apenas uma vez, mas muitas.

Uma das maiores lições que havia aprendido ali era sobre o perdão. Eu tenho certeza de que não existe nenhum ser humano que não precisou, um dia, perdoar ou ser perdoado. O perdão faz parte da vida, mas nos enganamos se achamos que aprendemos a perdoar com apenas uma situação e de uma vez por todas.

Creio que existe um conceito errado que rodeia as pessoas por aí: o de que perdoar é abraçar seu inimigo, ser capacho de um maldoso ou sair para dar risada com o invejoso. Perdoar é esquecer, sim, mas não "emburrecer". Perdoar é esquecer a dor, mas nunca a lição.

O perdão, na Bíblia, não é uma sugestão, e sim uma ordem. Não é algo que você pode fazer quando tiver vontade, mas algo que você deve obedecer por ser um mandamento de Deus.

> *— Porque, se perdoarem aos outros as ofensas deles, também o Pai de vocês, que está no céu, perdoará vocês; se, porém, não perdoarem aos outros as ofensas deles, também o Pai de vocês não perdoará as ofensas de vocês.* (Mateus 6.14-15)

Além de perdoarmos por obediência ao Pai, perdoamos porque entendemos que isso nos liberta e nos leva a ser mais parecidos com Ele. Liberar perdão ao nosso ofensor nos desconecta dele e nos conecta com o próprio Jesus. Só podemos dar o que temos. Quando entendemos o quanto já fomos perdoados por Deus, conseguimos perdoar os outros com esse mesmo perdão que recebemos d'Ele.

Uma das minhas lições sobre perdão foi liberar uma pessoa que, com muito carinho, cuidei por mais de cinco anos. Logicamente, era alguém em quem eu achava que poderia confiar, mas, ao final, ela preferiu se unir às mentiras de outras pessoas. Na história, eu saí como mentirosa, mesmo confrontando todos os envolvidos e tendo conversas para "lavar roupa suja" com cada um deles. Ainda que a verdade tenha sido dita, eu ouvi palavras que me cortaram: "Zoe, eu só perdi tempo com você. Sei que pediu perdão por ter me magoado, mas eu nunca vou te perdoar".

Mesmo após todas as mentiras terem sido desmascaradas, o coração dessa pessoa se encontrava duro e, no fundo, ela não me queria mais em sua vida. Certo dia, na época em que tudo isso acontecera, estava em uma avenida perto da minha casa, chorando muito ao volante e perguntando para Deus o porquê de tanta humilhação ou tantas conversas para tentar a paz em vão. E, com o Seu jeito carinhoso, Ele me respondeu:

— Filha, quantas vezes você pede para ser como Eu?

— Quase todos os dias...

— Então, é isso! Hoje, você se tornou um pouco mais parecida Comigo. Sentiu um pouco do que Eu sinto e aprendeu um pouco sobre o Meu coração, que sempre estende Graça àqueles que não merecem.

Inevitavelmente, desabei de chorar. E, apesar de não saber, aquelas palavras me prepararam para histórias muito mais difíceis de perdoar — situações que, pela minha própria justiça, me dariam o direito de não liberar perdão ao meu inimigo.

O ensinamento do perdão não foi a única coisa que aprendi no quarto branco vazio. Aquele quarto era um lugar que carregava lições de entrega. A entrega das coisas terrenas e passageiras, a entrega do perdão e também a entrega de sonhos.

***

Sonhar é algo que vem de Deus. O Senhor deposita sonhos em nós, mas, muitas vezes, o que determina a realização desses sonhos não é Ele, e sim nosso coração. No entanto, a Palavra nos diz que "Enganoso é o coração, mais do que todas as coisas, e desesperadamente corrupto. Quem poderá entendê-lo?" (Jeremias 17.9). Assim, acabamos achando que nosso sonho é de Deus pelo fato de parecer ser muito "espiritual", e achamos que um sonho "menos divino" é algo que Ele condena. Eu creio que existem sonhos que dependem quase totalmente de nós e outros não, como o sonho de se casar.

Costumo falar muito sobre a "solteirice", já que vivi meus anos de solteira intensamente. Viajei muito, morei em lugares diferentes, aprendi novas culturas, tive vários tipos de emprego, estudei em diversas instituições, conheci muitas pessoas diferentes de mim, arrisquei com muitos planos e sonhos, apaixonei-me pelos caras errados e tive meu coração partido inúmeras vezes, mas, ao final, posso dizer que vivi a solteirice 120%.

Ser solteira e não ter um namorado aos 25 anos foi *fichinha*, mas quando *bateu os 31*, comecei a sentir o universo me pressionando. Meus amigos e família nunca me pressionaram, mas a mídia, as pessoas externas, os fofoqueiros e o relógio biológico, sim. Às vezes, estar "sozinha" nos leva a desejar o casamento pelos motivos errados. Achamos que ele resolverá as inseguranças da alma, a solidão, a aparência perante a sociedade e assim por diante, mas tudo isso é um bando de mentiras.

Na minha época de solteira, eu precisei terminar um relacionamento sério com uma pessoa legal, mas que não era a certa para mim. Então, senti Deus me perguntando: "Você confia em Mim?". É evidente que eu disse que sim, mas, ao mesmo tempo, entendi e senti que talvez isso significasse que eu nunca me casaria. Era o risco que eu corria ao escolher lutar pelo excelente, em vez de me contentar com o ótimo.

Depois desse episódio, a minha alma começou a ser chacoalhada. Precisei entregar verdadeiramente o sonho do casamento, o sonho de ter uma família e de ser uma esposa. Percebi que a única pessoa que deveria ser o meu maior sonho era Jesus, e não poderia ser uma carreira, um relacionamento ou um sucesso, pois somente Ele seria — e precisava ser — o suficiente para mim. Confesso que foi difícil, pois cresci sem um pai presente, o que me fazia desejar uma família completa; porém, não podia deixar isso competir com Jesus em minha vida. Após **muitas** conversas com Deus Pai, o sonho de me casar foi para lista de "Sonhos que viverei **se** forem da vontade de Deus". A partir de então, comecei a viver de maneira leve, libertadora e gratificante!

Ao ter entregado o sonho do casamento, muitos podem pensar: "Já que ela entregou tudo para Deus, agora está pronta para a pessoa certa". Mas não foi assim que aconteceu. Entrei em um relacionamento sério com uma pessoa que conhecia há anos, mas que acabou me traindo e me deixando no escuro, sem entender o porquê da separação. Novamente me encontrei em um lugar de desilusão, achando que o casamento realmente era para poucos privilegiados.

Lembro-me de não saber mais o que pensar, mas também de entender que, acima de todas as minhas expectativas e planejamentos, o Senhor ainda era soberano. Naquele momento, parecia uma injustiça, mas, por outro lado, era a maior justiça de todas: o Senhor havia me guardado, mais uma vez, de me casar com a pessoa que não era para mim.

Hoje em dia, vejo que um dos maiores ídolos do solteiro cristão é o casamento. Ele é tão falado, orado e pode até ser desejado pelos motivos certos — criar uma família, plano lindo de Deus —, porém chega a passar dos limites. O casamento, muitas vezes, chega a ser mais importante que o próprio Reino de Deus. Pessoas pensam mais em quando ou com quem vão se casar do que no propósito de Deus para as suas vidas. Jovens abrem mão de seus valores morais e espirituais para terem alguém — mesmo que seja crente —, deixam de lado o seu chamado e propósito para colocarem uma aliança na mão e se esquecem da maior Aliança de todas.

É triste, mas muitos amam Jesus loucamente até se formarem na faculdade, depois pensam: "Preciso estabilizar a minha vida". Sim, por favor, estude, trabalhe, compre seu imóvel, tenha independência financeira, pegue o seu diploma, case-se e tenha filhos. Mas, **por favor**, não pare de viver!

Sim, hoje eu sou casada e realizei um sonho, porém não chega nem aos pés dos sonhos que Deus tem em Seu coração. Sou muito feliz por ter esperado a pessoa certa e por ser tão realizada ao lado do meu marido, mas nada se compara aos sonhos que são eternos, aqueles que Deus gera no mundo espiritual para transformar tudo ao nosso redor. O casamento é, **sim**, uma bênção, um presente de Deus, mas não pode tomar o lugar d'Ele em nossa vida.

O quarto branco não representava apenas o abandono de mim mesma, mas, também, meu maior ganho. O ganho de saber que nada do que Deus nos pede para entregar chegará aos pés daquilo que Ele nos dará no futuro. É muito difícil acreditar nisso no presente, pois tudo dentro de nós só sente o agora. Mas o presente é uma pequeníssima fração de toda Eternidade, de todo o panorama incrível que Deus tem reservado para nós.

Aprendi que a entrega não é para os fracos ou para os que desistem, mas para os que têm coragem de acreditar em um futuro melhor. A entrega ao Pai e a confiança n'Ele são algumas das expressões de adoração mais intensas que existem. Não confiamos em alguém que não conhecemos, mas quando conseguimos desapegar do que está em nossas mãos, aprendemos a amar a Deus de uma maneira que nunca conseguiríamos com as mãos cheias. O abandono do nosso ego não é o abandono dos nossos sonhos, e sim a troca da nossa vontade pela vontade do Pai, que é boa, perfeita e agradável (cf. Romanos 12.2). Esse quarto branco e vazio sempre será um lugar onde entrarei sabendo que, apesar de toda dor, nada se compara à satisfação plena que encontro ali logo depois da entrega.

⁂

Enquanto olhava ao redor com uma sensação de liberdade e profunda gratidão pela entrega, alguém bateu à porta. Rapidamente, levantei-me, extremamente curiosa para saber quem estava ali. Ao abrir, deparei-me com um homem completamente azul. Azul no terno, nos sapatos, nos olhos, mas também no cabelo, na pele e em cada milímetro de quem ele era. Não havia nada nele de outra cor, a não ser a parte branca dos olhos, que pouco chamavam a atenção diante daquela figura monocromática e excêntrica.

— Oi, Zoe! Tudo bem? Você está pronta para visitar o outro cômodo? — disse Ele.

Em pé, diante dele, fiquei olhando para os seus olhos enquanto tentava decifrar a sua identidade. Ele tinha uma voz tão familiar! Então, antes de ficar um clima estranho, ele sorriu, estendeu a mão e disse:

— Vamos?

Assim que pronunciou aquela palavra, parece que tudo ficou claro. Eu sabia Quem estava falando. Era a Voz que me acordava todos os dias e dizia: "Vamos?". A Voz que, quando eu estava morrendo de medo de arriscar, falar em público, perdoar o ofensor, cumprimentar alguém que não conhecia, dar dinheiro a um estranho ou abraçar um inimigo, sempre me perguntava: "Vamos?". Fiquei ali, paralisada por alguns segundos, tentando me recompor. Eram tantas emoções que tinha vivido com aquele homem azul! Então, olhei para Ele com grande expectativa, e Lhe disse:

— **Vamos**, sim! Faz anos que Você fala essa frase todos os dias.

— É que Eu gosto de movimento. “Vamos” é a Minha frase preferida.

— E para onde Você está me levando?

— Vamos descer as escadas em direção ao lugar onde poucos vão: o porão.

— Ok. Mas Você sabe que não sou fã de lugares embaixo da terra, não é?

— Claro que sei disso, mas vai ser rápido.

— Como devo Te chamar?

— A maioria Me chama de Conselheiro.

— Muito bem. Perfeito! Vou confiar em Você, ok?

Ele apenas riu e começou a andar em direção à porta. Respirei fundo porque, pessoalmente, não gosto de lugares fechados e escuros. Mas eu tinha a certeza de que, se aquele cômodo estava na casa, a visita era segura. Ainda assim, conforme descíamos as escadas de madeira, meu coração batia mais forte.

# Exercícios práticos

*Lançando sobre ele toda a vossa ansiedade, porque ele tem cuidado de vós.* (1 Pedro 5.7 – ARA)

1. Escreva sobre os momentos da sua vida em que você questionou a bondade de Deus; aqueles momentos em que nada parecia fazer sentido e havia apenas o vazio.
2. Quem é a pessoa que você tem muita dificuldade em perdoar? Sabendo que o perdão não tem a ver com o outro, mas está diretamente ligado ao seu relacionamento com Deus, você está disposto a perdoar agora?
3. Qual é o sonho que ainda não se realizou e tem roubado sua paz, trazendo-lhe ansiedade e medo do futuro? O que você "acha que Deus lhe deve"? Anote.
4. Olhe atentamente para a resposta que você acabou de escrever e reflita: Cristo é maior do que isso para você? Você conseguiria ser plenamente satisfeito n'Ele mesmo que esse sonho nunca se realizasse?

**Acesse o QR Code para ter um momento de oração comigo. Desconecte-se um pouco de tudo e passe esse tempo com o Espírito Santo.**

"O abandono do nosso
ego não é o abandono dos
nossos sonhos, e sim a
troca da nossa vontade pela
vontade do Pai, que é boa,
perfeita e agradável
(cf. Romanos 12.2)."

*Sexto capítulo*

# Descendo para o porão

Chegando à parte mais baixa da casa, havia apenas uma porta no andar, como no quarto branco, e o ambiente era escuro e apertado. Conselheiro, o homem azul, foi adiante de mim, abriu a porta e acenou com a mão para que eu entrasse. Assim que entrei, não conseguia respirar muito bem. O lugar tinha várias estantes espalhadas pelas paredes e não havia nenhuma janela ou luz natural, apenas a claridade que vinha de um lustre simples no meio do quarto. No centro, havia uma mesa com duas banquetas, que estavam iluminadas pelo lustre. Não era um porão como os outros. Ele não tinha um cheiro ruim, um odor de coisas velhas nem poeira, pelo contrário, parecia que alguém sempre organizava aquele espaço. Nas estantes largas, havia várias caixas com o meu nome e algumas datas marcadas: 1988, 1992, 2001 e assim por diante. Ao perceber que talvez tivesse que encarar o meu passado novamente, comecei a ficar um pouco desesperada. Eu sabia que havia "esqueletos" que não queria desenterrar.

Era uma mistura de ansiedade com coragem; medo do desconhecido, mas também uma curiosidade que me fazia querer abrir todas aquelas caixas com o meu nome. "Esse homem azul que me trouxe até aqui com certeza é o Espírito Santo. Só Ele me traria a um lugar desses", pensei comigo mesma. Para ser sincera, eu já tinha um pressentimento do que tinha dentro daquelas caixas, mas será que estava preparada para abri-las? Ele, com o Seu sorriso de sempre, interrompeu meus pensamentos:

—Você já deve ter reparado que todas essas caixas têm o seu nome. Algumas já estão vazias, mas outras precisamos organizar. Você quer começar com qual?

— Eu não sei, precisamos fazer isso agora?

— O ideal seria fazer o que está faltando. Não precisa ter medo.

— Bom, não tenho certeza se é medo, sei lá...

— Eu estou aqui para te ajudar. Vai ficar tudo bem.

Com o coração um pouco apertado, peguei a maior caixa de todas, marcada com o ano 2006. Não tinha certeza se gostaria de abrir. A caixa parecia leve, apesar do tamanho. Apoiei na mesa vazia que estava no centro da sala, abri a tampa e logo vi muitas fotografias que remetiam àquele ano. Eu havia enterrado aqueles momentos em meu coração e certamente não queria vê-los naquela hora. Quase que instintivamente, peguei a tampa da caixa e a coloquei de volta. Conselheiro me olhou como se me esperasse falar algo, mas tirou minhas mãos da caixa enquanto me puxava gentilmente para que eu me sentasse em uma das banquetas. Ele respirou fundo e começou a me explicar o que era aquele lugar.

Ali estavam todas as histórias inacabadas da minha vida, as que eu não queria mais resolver por causa das decepções, dos machucados, do cansaço ou, simplesmente, por não as considerar importantes. Já tínhamos resolvido algumas caixas em outros anos da minha vida, mas, naquele momento, estando com os olhos abertos espiritualmente, resolveríamos mais algumas delas.

Eu sabia exatamente o que Ele estava querendo falar comigo; sabia que as histórias poderiam ser sérias ou bobas, mas todas eram importantes para formar quem eu era. Não era tempo de fugir ou fingir que não existia nenhuma pendência em minha vida. Era momento de olhar tudo o que precisava ser olhado, sentir tudo o que precisava ser sentido e tocar em tudo o que precisava ser tocado.

Levantei-me novamente, Ele me acompanhou, e abri a caixa mais uma vez. Além das fotografias, havia também algumas cartas e uma rosa vermelha seca. Tudo o que estava lá dentro eram coisas que já tinham acontecido comigo. O sentimento de vergonha começou a invadir o meu coração. Nos instantes de lembrança, eu percebi que tinha sido uma pessoa amarga, que evitava conflitos a todo custo e que não queria lutar pela reconciliação, preferindo me manter como vítima. Pior: notei que eu era uma pessoa de quem eu me envergonhava. Como estar naquela sala seria uma demonstração de amor do Espírito Santo? Como abrir aquela caixa me ajudaria? Eu só piorava a cada minuto e me perguntava a razão daquilo, já que tudo já estava enterrado. Não era para ser revivido!

Ele, como grande Conselheiro, sabia exatamente o que eu estava pensando e disse:

— O problema não é o que você sente, mas o fato de que nunca se permitiu sentir o que precisava sentir. O problema não é o que aconteceu, mas você ter enterrado o que aconteceu para não precisar lidar com o problema.

— Mas agora é tarde demais!

— Quem disse isso?

— Eu! Olha isso... 2006! Não consigo mais voltar atrás e sentir tudo, muito menos resolver tudo isso!

— Por isso, Eu estou aqui. Juntos, conseguiremos.

— Conseguiremos o quê? Esquecer tudo?

— É impossível esquecer, mas aprender é necessário.

Naquele instante, um sentimento de frustração tomou conta de mim. Eu não sabia como lidar com tudo o que estava sentindo. Já não tinha tido encontros com Deus que haviam me curado daquelas histórias? Por que tudo estava se repetindo? Será que tinha voltado para a estaca zero? Conselheiro Se aproximou, colocou a mão em meu ombro e, gentilmente, falou:

— Vamos começar? Você já veio até aqui, já cresceu tanto... deve continuar!

Ainda relutante, peguei a caixa com as duas mãos, levantei a tampa e, novamente, olhei para as lembranças. Peguei a primeira fotografia e, quase imediatamente, um sentimento de derrota me invadiu. Era uma foto de um momento em que eu havia me sentido totalmente desprezada pelas pessoas, e que o fato de ter uma personalidade diferente e tomar decisões fora do comum tinha arruinado a minha autoestima. Mas isso eu já tinha conversado com Pops na biblioteca, Por que essa fotografia e os sentimentos que achei que tinha vencido retornavam?

Conselheiro, com muita paciência, disse-me que a fotografia não era sobre a minha identidade nem sobre ouvir quem Deus dizia que eu era, mas era a respeito da liberação das pessoas que tinham me causado aquilo. E eu achando que liberar pessoas era o mesmo que liberar perdão — coisa que eu já tinha feito no quarto branco vazio. Pacientemente, Ele me explicou que "liberar" era ir além do perdão, afinal, eu já os tinha perdoado. Liberar significava deixar ir as expectativas que eu havia colocado. A expectativa de que, talvez, um dia eles me reconhecessem pelo meu valor, quando provasse a minha capacidade. Ou a expectativa de que, talvez, eles me achassem digna de sua amizade. A expectativa de que acharia amigos melhores do que eles.

Agora, o que exatamente seria liberar expectativas? Ser cínico? Cético? Parar de ter amigos próximos? Esperar sempre o pior dos outros? Não! Liberar expectativas é esperar mais de Deus do que da humanidade frágil das pessoas; é saber que, independentemente do que acontecer, Ele nunca falhará.

Jesus olhava os discípulos com verdade e, mesmo sabendo de todos os defeitos que tinham, Ele torcia para que cada um deles acertasse. Ele amou Judas como amou João, mas isso não quer dizer que não sabia que Judas o trairia, e sim que Sua expectativa estava no coração do Pai. Ainda assim, Jesus ofereceu muitas chances para que Judas mudasse sua mente. O simples fato de amá-lo sem julgar já era a maior chance que ele poderia receber. E, apesar do seu erro, ele continuaria recebendo chances até o momento em que tirou a sua própria vida. Deus Pai, Jesus e o Espírito Santo vivem na torcida para que acertemos. Por que, então, não ficamos na torcida pelos outros?

Temos medo de nos decepcionar por já termos sido machucados. Preferimos nos guardar por meio da distância do que correr o risco do amor. Preferimos nos isolar em vez de estender a mão e dar mais uma chance a alguém. Preferimos controlar o que nos acontece do que encarar os ajustes que qualquer relacionamento sempre exigirá.

Assim como Jesus orou em João 17.21-23:

> *[...] A fim de que todos sejam um. E como tu, ó Pai, estás em mim e eu em ti, também eles estejam em nós, para que o mundo*

*creia que tu me enviaste. Eu lhes transmiti a glória que me deste, para que sejam um, como nós o somos; eu neles, e tu em mim, a fim de que sejam aperfeiçoados na unidade, para que o mundo conheça que tu me enviaste e os amaste, como também amaste a mim.*

O maior desejo do Pai é que tenhamos um coração como o d'Ele. Um coração que sempre enxerga esperança onde não existe nada, que vê a cura em meio à doença, paz em meio ao caos. O amor verdadeiro não é cego. Jesus é o amor genuíno e n'Ele não há sombra, não há escuridão e muito menos cegueira. Quando Ele nos olha, é com toda a verdade que existe. Ele vê do que somos feitos, mas escolhe nos aceitar e nos ajudar a sermos transformados.

Quando olhamos para o nosso próximo, vemos o que queremos ver, seja bom ou ruim. Raramente conseguimos enxergar através das lentes de Cristo, mas quando começamos a ter um coração transformado, naturalmente, nossa visão muda.

O segredo para liberar as pessoas de nossas expectativas, é ter a visão clara de Deus e sentir Seu coração por elas. Dessa maneira, quando a decepção chega, ela não nos arrebenta. Pode talvez nos pegar de surpresa, mas nunca nos destrói.

Com a caixa diante de mim, peguei a foto em minhas mãos e consegui colocar um basta na minha expectativa de que, um dia, aquela pessoa me amaria por quem eu era. Enquanto segurava aquele pedaço de papel, meu coração começou a se encher de liberdade; a liberdade de não esperar nada em troca do meu perdão, de poder ser eu mesma, independentemente da aceitação daquela pessoa. Olhei para o Conselheiro, e disse:

— Pronto. Consegui. Agora só faltam todas estas caixas!

— Não, falta menos do que você pensa.

— Como assim? Essa foi apenas **uma** fotografia.

— Exatamente. Uma fotografia que contém uma das lições mais preciosas que quase todas as outras caixas guardam.

— Então somente essa lição já resolveu todas as outras que eu teria que solucionar?

— Sim, as cartas e a maioria das fotografias nós já resolvemos, mas ainda há uma coisa aqui nesta caixa que precisa ter um fim.

— O que seria?

— Você sabe.

— A rosa vermelha, não é? A gente precisa falar desse assunto agora?

— Você sabe que sim.

Não tinha como argumentar com Ele. Ele realmente sabia de tudo, e aquela rosa vermelha seca era a última coisa sobre a qual eu queria conversar naquela sala. Era o fruto de uma oração simples que eu havia feito, mas que tinha tido um resultado muito errado. Foi um momento muito confuso em minha vida.

Houve uma época em que eu estava muito desesperada para obter uma resposta de Deus sobre um relacionamento amoroso. Não tinha certeza se a pessoa era ou não para mim. Tinha algumas dúvidas, mas havia tantas "confirmações" de que estava na direção certa, que resolvi pedir um sinal para Deus como uma confirmação final: se fosse da vontade d'Ele que eu permanecesse naquele relacionamento, a pessoa com quem eu me relacionava apareceria em minha porta com uma rosa vermelha.

Fiz a oração no fim do dia, mas não esperava que naquela noite algo entraria em conflito dentro de mim. Já era noite quando a campainha tocou em casa. Abri a porta e lá estava o rapaz com algumas rosas vermelhas. Na hora, o meu estômago congelou e tudo ficou extremamente confuso. O sinal que eu havia pedido era uma única rosa, mas diante de mim havia muitas delas. Contudo, dentro do buquê, havia aquela única rosa, correto? Ou não?

Nos dias seguintes, recebi ligações de intercessores e pastores do exterior — que mal me conheciam — falando que eu tinha sido encontrada pelo homem certo. O tempo passou, e, apesar de não sentir paz completamente, continuava a me convencer de que aquilo era o melhor para mim. Ele me tratava muito bem, era cristão, tinha um bom caráter e nos dávamos extremamente bem. Contudo, no fundo, eu sabia que algo não estava 100%, não em relação à pessoa dele, mas à vontade perfeita de Deus para a minha vida.

No final da história, acabamos nos separando. Porém, aquela rosa tinha ficado presa em minha mente. Como um bom Pai faria isso com sua filha? O rapaz poderia ter me dado qualquer outra flor e, pessoalmente, eu sabia que ele não gostava de rosas vermelhas. Como pastores e intercessores que oravam por mim teriam escutado de forma tão errada? O que havia acontecido?

Algumas semanas se passaram e fui visitar meu irmão, que, na época, morava na Carolina do Norte, EUA. Tinham sido dias difíceis após o término, e ele havia me convidado para passar um tempo lá e descansar a mente. Já que estava nos Estados Unidos, resolvi me inscrever em um curso para músicos e artistas que havia em Charlotte, uma das cidades que compunham o estado. O que eu não imaginava era que esse curso mudaria a minha vida em muitos sentidos. Foram semanas maravilhosas da presença de Deus, em que aprendi sobre criatividade e também a me conhecer do modo como Deus me enxergava. Fui privilegiada por participar daquela escola, que abriu turma apenas no ano de 2007, quando eu fui aluna.

O final do curso estava se aproximando quando o professor me chamou no meio dos alunos para ir à frente na sala de aula. Era uma das últimas reuniões de adoração, mas, mesmo assim, ele interrompeu tudo para me chamar. Fui para a frente e, assim que cheguei perto dele, ele começou a dizer que tinha me visto em uma bifurcação, escolhendo entre um homem e o próprio Senhor, mas que no final eu escolhia Jesus. Disse também que me via muito feliz caminhando na praia com Jesus, como se eu tivesse sido aprovada nos testes em que Ele havia me colocado.

Pouco depois de ouvir algumas de suas palavras, eu não conseguia escutar mais nada do que aquele homem falava. A única coisa que conseguia fazer era chorar, pois a presença de Deus tinha se manifestado de maneira grandiosa e estava me curando de toda a dor do passado. Por outro lado, o meu coração continuava perplexo com os sinais e as profecias que havia recebido. A verdade é que talvez eu nunca recebesse a resposta para aquelas indagações. Apesar disso, sentir a dor indo embora já era suficiente para mim.

No porão, com a rosa em minhas mãos, Conselheiro segurou os meus ombros e disse:

— Confiamos em você.

— Como assim?

— Testamos o seu coração para ver se, mesmo ouvindo as vozes dos outros, ainda escutaria a Minha voz em seu coração.

— Entendi... em todos os momentos tentei Te silenciar, mas eu sabia muito bem que Você tinha algo diferente para a minha vida.

— Agora é o momento de você saber.

— Saber o quê? Todos os pastores erraram?

— O melhor que tínhamos para você não era aquela pessoa, mas a escolha era toda sua. Você seria amada independentemente da escolha, mas escolheu ser verdadeira consigo e Conosco.

— Sim, eu não conseguia mais fingir que estava tudo 100%. Os dias passavam, e eu me sentia fora do centro.

— Mas e o medo de perder aquela pessoa? O que te deu coragem?

— Você me deu, estendendo o convite de sempre: "Vamos?".

— Pois é! — Ele riu.

— Obrigada, de coração.

— Vamos terminar essa história?

— O que eu preciso fazer?

— Entregar o que você não entende. As profecias, o sinal da rosa... Na verdade, você pediu **uma** rosa, e foram várias. O sinal não foi certeiro. E sobre as profecias, o ser humano é apenas o mensageiro e pode ouvir errado de vez em quando.

— Eu entendo, mas por que o teste?

— Você vivia pedindo para ser amiga de Deus, lembra? Muitos, quando não recebem o que pedem para Deus, revoltam-se e param de segui-lO. O amigo e o filho permanecem mesmo em tempos de mistério.

— Sim, e eu não posso me esquecer de que, se o sinal fosse idêntico ao que pedi, ainda assim o casamento seria uma escolha minha, e não somente Sua.

— Correto, mas o que estava à prova não era o casamento ou o desejo de se casar, e sim o seu nível de confiança na Minha Voz; confiança na Minha bondade, independentemente das circunstâncias.

Ao final da última frase, peguei a rosa e a dei para Conselheiro, como um ato de entrega. Não tinha mais dúvida de que tudo o que Deus tinha para mim, mesmo que eu não enxergasse, era para o meu bem. A confiança que Ele estava testando não era a minha habilidade de pedir sinais, mas de ouvir Sua voz em meu coração. Eu nunca tinha ouvido em meu coração a aprovação de Deus em relação àquele relacionamento, mas eu queria me convencer pela aprovação dos outros. Lembro-me de que, na época, ao me deitar em meu travesseiro, eu sabia, em meu coração, que havia algo melhor, que havia mais, que existia um plano de Deus que era superior. Depois de tudo o que aconteceu, Ele não havia falhado comigo, e sim me deixado escolher por meio do meu livre arbítrio.

De fato, é mais fácil culpar os outros pelas nossas escolhas ou falar que fazemos algo porque algum homem ou mulher de Deus nos disse para fazer. Escolhemos sinais para determinar escolhas que devem ser feitas com confirmações baseadas na Palavra de Deus e na paz no espírito, e não somente na realização do sinal cumprido. O Diabo faz sinais e carrega o espírito de adivinhação, mas somente o Espírito Santo nos convence e revela por meio da Bíblia a perfeita vontade de Deus.

Em minha vida, muitos sinais que coloquei foram confirmados por Deus e foram importantes para mim, mas sempre eram acompanhados de paz em meu espírito e de uma confirmação na Palavra. O sinal da rosa foi um daqueles que "forcei" para caber dentro do meu desejo e anseio — então fiz de tudo para aquilo acontecer. Sofri as consequências dessa escolha, como a dor e a separação, mas recebi uma segunda chance quando tive a coragem de ser verdadeira comigo mesma e terminar o que nem era para ter começado.

Hoje, vejo tantas pessoas que não se responsabilizam por suas próprias escolhas. Preferem deixar nas costas de seus líderes espirituais, mentores, amigos ou cônjuges. E, quando algo dá errado, as pessoas que aconselharam são as culpadas. Amo ouvir conselhos dos mais experientes e maduros, o que também é bíblico, conforme está escrito em Provérbios 11.14: "Não havendo direção sábia, o povo fracassa; com muitos conselheiros, há segurança". Entretanto, no fim das contas, sou eu quem escrevo a próxima página da minha vida, e, apesar de Deus fazer parte da história, a minha reação a tudo o que me acontece é um fator que depende somente de mim.

Em determinadas ocasiões, somos injustiçados ou nos decepcionamos com nossas autoridades espirituais, mas nada disso pode manchar nossa visão de Cristo. O problema nunca foi quem está certo ou errado, mas em quem colocamos nossas expectativas: em Deus ou nos homens.

Assim que Conselheiro pegou a rosa, ela desapareceu. Então, arregalando os olhos, perguntei:

— Onde você colocou a rosa?

— No esquecimento, onde tudo o que você já resolveu está.

— E essas caixas, ainda estão cheias?

Enquanto fazia a pergunta, olhei novamente para dentro da caixa de onde havia tirado a rosa e a fotografia, e não havia mais nada. Ele, sorrindo, me acalmou:

— Por enquanto, é só. Se precisar, voltaremos aqui.

— Então o porão nunca termina? Sempre terei de resolver as histórias?

— Bom... isso depende de você. Quanto mais rápido resolver, menos tempo passará aqui.

— Entendi. Espero nunca mais voltar.

O homem azul deu uma risada ao mesmo tempo que fechava a caixa e a colocava de volta na estante. Eu sabia que faria outras visitas àquele lugar. Por outro lado, meu consolo era que sempre seria acompanhada por Ele, o meu grande companheiro. Há anos caminhávamos juntos, mas naquele momento era a primeira vez que O via. Ele era cheio de vida e bom humor, e sempre me impulsionava a ser corajosa, mesmo quando todas as células no meu corpo gritavam "não".

Ele abriu a porta e disse:

— Vamos?

— Lá vem essa palavra de novo! — respondi, rindo.

— Sim, a que mais uso com você! Vamos subir para fazer algo no andar de cima.

Mais uma vez, meu coração se encheu de expectativa. Com certeza, o próximo cômodo não seria tão intenso como o quarto vazio ou o porão. Ou seria?

Começamos a subir as escadas em direção a um lugar que parecia ser onde as refeições aconteciam. Proporcionalmente, conforme o cheiro de comida aumentava, a fome crescia também.

# Exercícios práticos

*Tu, Senhor, conservarás em perfeita paz aquele cujo propósito é firme, porque ele confia em ti.* (Isaías 26.3 – ARA)

1. Quais são as histórias em sua "caixa" que precisam ser resolvidas? Talvez você já tenha perdoado, mas ainda mantenha algumas expectativas.
2. Você já recebeu profecias, palavras de conhecimento ou orientações de líderes que o machucaram ou o deixaram confuso? Se sim, quais foram essas ocasiões? Você está disposto a deixar isso aos pés de Jesus neste momento?
3. Anote agora como está seu coração no momento, inserindo coisas do passado que o afetaram e que você achou que já haviam passado, mas que ainda doem.
4. Convide agora o Espírito Santo para conversar com você, revelando o que Ele diz a seu respeito. Anote os versículos bíblicos que o auxiliarão na cura completa dessas histórias.

**Acesse o QR Code para ter um momento de oração comigo. Desconecte-se um pouco de tudo e passe esse tempo com o Espírito Santo.**

"O problema não é o
que aconteceu, mas
você ter enterrado o
que aconteceu para
não precisar lidar com
o problema."

*Sétimo capítulo*

# A cozinha cheirosa

Ao subir as escadas para o piso térreo, descobri de onde vinha aquele cheiro maravilhoso de torta de maçã. Aquela era a cozinha mais linda que já tinha visto. Era tão organizada, limpa, aconchegante e com tantos detalhes coloridos. As cores se casavam com a decoração e havia comidas prontas para serem degustadas. Conselheiro, animado como estava, começou a explicar sobre o lugar:

— Este é o lugar onde colocamos a mão na massa, literalmente! É o espaço em que Eu e você experimentamos fazer todas as receitas diferentes.

— Que demais! Hoje vamos fazer alguma? Estou com muita fome.

— Na verdade, hoje você vai se sentar aí na banqueta e eu vou te servir. Já cozinhamos muito e temos que comer tudo!

— Então, tecnicamente, faremos a melhor parte, não é? Você parece gostar muito daqui...

— Claro, é onde toda a aventura e ação acontecem. É o lugar que chamo de ministério.

— Calma! Então esta cozinha representa o que eu faço para Deus?

— Não é bem assim, aqui representa o que você faz **com** Deus.

Logo que disse isso, Conselheiro voltou para a geladeira, começou a tirar algumas comidas e arrumar o local. Eu, por outro lado, sentada naquela banqueta, tentei lembrar onde já tinha ouvido a frase sobre o ministério. Aquela lição não me parecia nova. Em minha vida, eu constantemente me perguntava se estava servindo **com** Deus ou **para** Deus, afinal, são duas coisas bem distintas, separadas apenas pela mudança das preposições.

Existem pessoas que amam servir, pois, de alguma forma, conseguem se sentir "úteis" e, assim, são satisfeitas. Outras servem porque querem chegar ao topo de uma liderança, submetendo-se, por isso, a qualquer coisa para alcançarem uma posição. Contudo, poucas servem por amarem o próximo ou simplesmente por quererem ter a identidade de Cristo, o maior servo de todos.

Eu lidero louvor e adoração desde 2004, o que sempre me fez estar envolvida no ministério, apesar de me sentir inadequada para servir na área da música. Nunca fui muito boa tecnicamente, e o fato de me expor em público era a maior cruz que eu poderia carregar. Após muitos anos fugindo desse chamado, dei-me conta de que não se tratava do que era confortável para mim, e sim do que Deus desejava de mim.

Para muitos, ficar longe do centro das atenções e do microfone é um tratamento de caráter e quebrantamento. Para outros — como é meu caso —, segurar o microfone é o verdadeiro tratamento de caráter e quebrantamento. Precisar encarar toda aquela realidade e errar na frente das pessoas, ter minha "privacidade" invadida de alguma forma e, por fim, depender absurdamente de Deus, por sempre me sentir incapaz de cumprir esse chamado foram apenas alguns dos muitos "poréns" que, durante muito tempo, usei como desculpas para Deus.

Servir a Deus pode acontecer de inúmeras maneiras, como arrumar uma cadeira para uma reunião ou se doar integralmente no campo missionário. Nenhuma dessas opções é melhor que a outra. Todos temos uma medida que Deus espera de nós, bem como nossas esferas de atuação, conforme está escrito em 2 Coríntios 10.13. O importante não é o que fazemos, mas se somos obedientes para cumprir o que nos foi confiado.

Para descobrirmos onde Deus quer que sirvamos é simples: precisamos saber se onde estamos **hoje** é o plano do agora ou não. Para isso, basta perguntarmos a Ele. Caso não seja o lugar certo, podemos perguntar onde devemos estar.

Quanto mais fizermos o que Deus ordena, mais olharemos para trás e veremos os padrões que tivemos, o quanto já nos equipamos e aprendemos sobre sacrifício. A partir daí, conseguiremos enxergar o nosso chamado. É como completar um desenho com pontos e números: tudo o que você precisa fazer é obedecer às regras do jogo e, quando menos imaginar, a imagem começará a tomar forma e trará a sua resposta.

O nosso chamado também está conectado com as nossas capacidades, talentos e sonhos. Tudo o que está formado dentro de você é parte do que Deus tem para a sua vida. Por exemplo, uma pessoa percebe que tem habilidade para dar aulas, e, por causa disso, pensa que o seu chamado é, única e exclusivamente, para a educação, não se atentando para a visão geral dos planos de Deus.

Já trabalhei em todos os ministérios possíveis dentro da igreja: manutenção, escritório, limpeza, café, loja, ministério de crianças, adolescentes e, hoje, estou no ministério de música. O que o café teria a ver com o louvor? Com certeza, nada. Porém, quando nos dispomos, algo acontece dentro de nós e nos prepara para o próximo estágio. Somos esticados em áreas que nunca seríamos se não fosse pelo ato de servir. Francamente, nem sei também se estarei no ministério de louvor até o fim da minha vida; contudo, não importa onde eu estiver, ali será o meu lugar de servir, de me doar e de me alegrar.

Quase todos os dias ou semanas, tenho contato com pessoas que desejam ardentemente serem reconhecidas pelo seu serviço árduo "**para** o Senhor". Muitos querem a posição mais alta dentro do sistema Igreja, pois, no mundo secular, mal conseguem cumprir suas responsabilidades, achando, por isso, que a Igreja é uma plataforma para se afirmarem, o que acaba fazendo com que espiritualizem tudo. Outros querem mostrar que são os mais especiais, porque têm a certeza de que foram chamados para "mudar a história". Assim, revoltam-se quando o líder não reconhece a "imensa unção" que carregam.

Tenho certeza absoluta de que Deus nos enxerga e sabe do nosso potencial; afinal, foi Ele mesmo Quem colocou tudo isso dentro de nós. Porém, enquanto nosso coração não estiver satisfeito somente com o Seu olhar, não conseguiremos cumprir nosso chamado.

Nesses anos de ministério dentro da Igreja, aprendi com toda a certeza que não existe nenhum serviço sincero que façamos que não seja visto por Ele. Não existem lágrimas, atos de bondade e perdão que não sejam reconhecidos no Céu. Portanto, que não nos cansemos de fazer o bem, não para ganhar um galardão, mas por ser a resposta mais natural do amor extravagante que carregamos dentro de nós.

Eu sonho em sermos uma Noiva que ama o próximo sem precisar mostrar que está amando; uma Igreja que doa ao pobre sem necessitar de um tapinha nos ombros dizendo:

"parabéns!"; uma Igreja que valoriza todos os tipos de personalidades e pessoas, sem precisar provar que é diferente e emergente.

Que sejamos invisíveis, não por escolha própria, mas por sermos tão visíveis aos olhos do Criador, que nunca sentiremos a necessidade de sermos vistos por humanos. Que deixemos nossas coroas diante de Seus pés, porque esse é o lugar em que podemos encontrar a mais pura recompensa e satisfação. Servir é se unir ao coração de Jesus Cristo, onde não existe necessidade de reconhecimento humano, apenas divino.

Havia um tempo, quando eu liderava louvor, que olhava para a parede do fundo do templo e via uma luz, que, para mim, representava o Espírito Santo comigo. Toda vez que subia no púlpito para liderar louvor, eu a enxergava, e aquilo me mantinha focada n'Ele. Algumas vezes, ela se mexia de um lado para o outro, e, assim, ia me direcionando na ministração. Em determinada ocasião, subi para liderar o louvor e, ao começar a primeira música, não vi a luz de sempre, o que me fez entrar em pânico. Será que estava em pecado? Será que estava sozinha? O que tinha acontecido? Comecei a procurar a luz ao meu redor, por todo o salão, entre as pessoas e depois entre os músicos. Quando, de repente, eu a vi bem do meu lado direito, próxima ao meu rosto. Na hora, senti um alívio, mas também curiosidade: o que Ele estava fazendo ali? Por que não estava me assistindo ministrar? Foi quando, de dentro daquela luz, Conselheiro me respondeu:

— Você nunca está sozinha, e Eu não te fiz assim para assistir você liderar pessoas à adoração. Você nasceu para liderar pessoas à adoração **comigo**, ao meu lado, e hoje vou te mostrar como se faz.

Ao ouvir aquilo, fiquei paralisada, sem reação. "Como assim?", pensei. A verdade é que me senti constrangida por aquele carinho e aquela ajuda. A minha perspectiva depois daquele dia mudou, porque não se tratava de fazer algo para ser aprovada por Deus, mas de fazer algo **com** Ele. Não era mais tempo de clamar: "Vem, Espírito Santo", e sim "Espírito Santo, para onde vamos?". A parceria com Ele sempre é infalível. Obviamente, sou humana e, muitas vezes, durante o louvor, "perco o fio da meada", mas logo Ele me cutuca para o lugar certo e lá vamos nós mais uma vez.

Nunca encontrei tanto prazer em servir após descobrir a amizade com o Espírito Santo. Ele consegue nos conduzir com gentileza e, ao mesmo tempo, com grande força. O problema é quando nossos olhos se perdem dos d'Ele, e isso pode acontecer em pouquíssimos segundos, quando olhamos para as nossas limitações ou capacidades.

***

Ali, naquela cozinha com Ele, fiquei curiosa para entender o que era toda aquela comida. Por isso, mesmo relutante, perguntei:

— Conselheiro, o que vamos comer hoje?

— Os frutos do seu trabalho.

— Como assim? Esses frutos são bênçãos, almas salvas, reconciliações, libertações e tudo o que vemos o Senhor fazendo em nosso ministério?

— Sim, esses frutos todos podem ver, e são frutos incríveis, mas o maior fruto de todos está aqui.

— E qual seria esse fruto? Deve ser maravilhoso!

— Sim. O fruto é a nossa comunhão.

Naquele instante, percebi que o maior fruto já estava ali, enquanto eu procurava por outra coisa. Fiquei um pouco envergonhada, mas me lembrei de todos os momentos que pedia "o novo" para Deus e recebia como resposta:

"Ande Comigo". Eu nunca tinha entendido aquela frase. Andar com Ele? Para onde? Para quê? Andar com Ele seria o melhor "novo" que eu poderia imaginar, e aconteceria no presente, não no futuro. Vivemos em busca do melhor que está por vir e, é lógico, teremos as promessas cumpridas e as bênçãos da colheita, mas nunca devemos nos esquecer de que o melhor já está aqui, bem ao nosso lado: a companhia do Espírito Santo.

Sentada à mesa, observei-O Se aproximar com uma torta de maçã quente e folhada. O aroma doce de maçã e canela preenchia o ar. Ele me serviu a torta, e a massa dourada desmanchou-se levemente, liberando uma nuvem de vapor. Ao lado, uma bola de sorvete de baunilha começava a derreter, misturando-se com a calda caramelizada. Enquanto Conselheiro colocava o pedaço da torta em meu prato, fiquei imaginando quanto tempo já tínhamos caminhado juntos, a quantidade de perguntas que já havia feito para Ele e como Ele tinha paciência comigo.

Quando levei a primeira garfada à boca, a crocância da massa se misturou com a suavidade das maçãs e o frescor do sorvete, criando uma explosão de sabores que me fez fechar os olhos de pura alegria. Essa era a minha sobremesa da infância; minha mãe sempre fazia para mim. Como eu amava saborear esse momento!

Recordei-me de certa vez em que estava em meu ateliê, trabalhando em um quadro muito grande que não via a hora de terminar, quando, de repente, meus planos de pintura foram interrompidos por uma doce presença no lugar em que eu estava. Eu sabia que a presença vinha de Deus, mas era diferente. Comecei a rir muito e tinha a sensação de que alguém estava me fazendo cócegas. Era uma alegria imensa; tão forte, que larguei o meu pincel na pia e fiquei de pé, em frente ao quadro, com os braços erguidos para o céu. Comecei a orar e pedir que Ele aumentasse ainda mais a Sua presença e, então, fiquei alguns minutos apenas recebendo. Quando abri os meus olhos, estava virada de costas para o quadro e, é claro, levei um susto, porque em nenhum momento os meus pés haviam se mexido, muito menos o meu corpo. Fiquei estática tentando entender a razão de o Espírito Santo ter feito aquilo comigo. Não fazia sentido algum e muito menos tinha uma base bíblica. Em contrapartida, a presença densa e tangível de Deus era algo que eu não podia negar.

As manifestações do Espírito Santo de Deus são sinais de que estamos indo para a direção certa, e é justamente por esse motivo que não devemos idolatrá-las ou colocá-las acima de Deus. Aqui mora o erro da maioria que quer viver de experiência em experiência na montanha, e não descer para o vale. Muitas vezes, precisamos descer a montanha e passar pelo vale. O dia em que o Espírito Santo me encheu de alegria e me presenteou com uma experiência foi somente um jeito de Ele me dizer: “Eu estou aqui!”. Esse simples ato, tão “bobo” para muitos, fez toda a diferença para mim, porque eu sempre tinha encontrado Deus em meio à minha dor, mas, naquele momento, tive um encontro com Ele em meio à minha alegria.

O desafio do cristão não vem apenas com as dificuldades, mas também quando tudo parece confortável, e as bênçãos chegam de forma generosa. São nesses momentos que precisamos verificar nosso coração. Correr para Ele quando estamos em apuros pode até ser automático, mas quando tudo parece acontecer conforme o planejado, será que ainda existe em nós fome e sede por algo mais?

Imagino que, muitas vezes, ignoramos a voz do Espírito Santo pois damos mais ouvidos às vozes humanas do que à d'Ele. Se ao menos pudéssemos experimentar a Sua doce comunhão, não sentiríamos mais tanta falta de reconhecimento humano. O andar no Espírito é muito mais eficiente do que imaginamos, porque é nesse percurso que aprendemos a participar do mover de Deus, a trabalhar com Ele e sermos coerdeiros com Cristo.

Muitos pensam que o Espírito Santo é uma força ou energia. Mas, com o passar dos anos, aprendi que Ele é uma pessoa da Trindade, Alguém que nos deseja profundamente e, mesmo assim, não Se impõe e muito menos nos controla. Sem forçar a barra, Ele sempre espera nossa iniciativa para conhecê-lO e Lhe obedecer.

Quanto mais ouvimos e acreditamos em Sua voz, mais nos tornamos sensíveis a Ele. Alguns se frustram, dizendo que não escutam Deus audivelmente, mas é importante sempre termos em mente que Ele fala pela Sua Palavra, a Bíblia. Entretanto, Ele também Se comunica conosco de muitas outras maneiras como a nossa consciência, a natureza, as circunstâncias, as sensações, as pessoas, os conselhos e tantas formas mais. Ainda assim, Ele **sempre** falará de acordo com a Sua Palavra.

Penso que o jogo da eliminação ajuda muito a discernir a voz do Espírito Santo. Por exemplo: você tem um sentimento de que deve dar cinquenta reais para alguém, em função disso, por fé, você entrega o dinheiro. Ao receber a quantia, a pessoa diz que precisava exatamente de cinquenta reais, o que confirma a Voz em seu coração. Mas, em outras ocasiões, você sentirá que tem que ofertar, mas terá que dar passos que exigirão riscos. Algumas vezes, você acertará, e outras, não. Dessa forma, a Voz se tornará cada vez mais nítida, pois você começará a entender o que vem de Deus, o que vem do Inimigo e o que vem de si mesmo. Vale lembrar que a Voz de Deus se move com amor e verdade, e até para compartilhar aquilo que ouvimos devemos ter sabedoria e perguntar ao Senhor se devemos ou não falar.

Nosso relacionamento com o Espírito Santo é essencial se queremos trabalhar com Deus. O ministério, o chamado e a nossa missão nunca se cumprirão se o nosso coração não estiver desalinhados com o d'Ele. É nítido quando alguém trabalha **para** Deus ou **com** Ele. Na primeira opção, a pessoa se torna mais suscetível à ofensa, frustração e mágoa, além de colocar toda a sua energia e expectativa em um ministério, e não no Senhor. O trabalho ministerial começa a pesar, tudo parece muito difícil, e não há mais paz e alegria. Quando andamos com Cristo, dividimos do Seu fardo, que é leve, e do Seu jugo, que é suave (cf. Mateus 11.29-30). Contudo, ao andarmos longe d'Ele, acabamos mergulhando no ministério pelos motivos errados e enxergando as pessoas com a nossa visão limitada.

Ao olhar para aquela cozinha e, em seguida, para os olhos do Conselheiro, senti-me cheia de gratidão. Em tantos momentos eu desejava desistir da "Igreja" e do "ministério", para viver minha vida de forma confortável; mas Aqueles olhos sempre me convidavam: "Vamos?"; "Vamos perdoar?"; "Vamos acreditar?"; "Vamos amar?"; e, por fim, "Vamos ser como Cristo?".

Por ter crescido na igreja, tive contato com os piores ângulos que ela poderia me mostrar. Conheci a hipocrisia de perto e tantas outras coisas que não valem a pena ser mencionadas, mas, continuamente, ouvia Conselheiro me dizendo: "Não é a respeito dos outros, e sim a respeito do que existe entre Mim e você".

Ultimamente, percebo que o problema nunca foi "não ir para a igreja", mas se conformar com a situação atual da

Noiva de Jesus. Há pessoas que vão para a Igreja e estão conformadas, e há aquelas que desistiram da Noiva, que não querem ser parte da realidade bruta e feia na qual ela se encontra — o que não deixa de ser um tipo de conformação também.

Durante muito tempo, confesso que morria de vergonha de ser classificada como "evangélica", por causa dos absurdos que ouvia as pessoas dizendo a respeito dos "crentes". Era extremamente difícil falar que fazia parte de uma Noiva tão despedaçada e bitolada. Até que um dia comecei a entender que a Igreja era, sim, um lugar de pessoas extremamente problemáticas, mas que também era parte de mim. Entender que havia uma beleza escondida nessa Noiva incrível, que um dia seria só de Cristo.

Aprendi que amar o inimigo lá fora é fácil, mas perdoar o "irmão" crente que está ao lado é realmente um desafio. Quando Jesus falou para carregarmos a nossa cruz (cf. Lucas 9.23), não era apenas sobre sofrer uma perseguição fora da Igreja, mas dentro dela, também. Aprendi também que perdoar alguém que não conhece a Jesus é leve, mas perdoar aquele que você julga estar em uma posição de "unção" é muito mais pesado. Nesse processo, entendi "na raça" e com muito suor, que fazer parte da Noiva me fazia ser mais como Jesus.

Não sou contra os que decidem não ir à igreja — apesar de acreditar que essas pessoas estão se prejudicando sem saber —, nem contra aqueles que são engolidos pelo sistema religioso; mas sou a favor de pagar o preço para ver mudanças e de lutar por uma Noiva saudável e unida. Minha igreja local está longe de ser perfeita, mas nós — meus amigos, companheiros e família —, juntos, tentamos viver um cristianismo verdadeiro, mesmo errando inúmeras vezes.

O andar no Espírito não é para os fracos, mas para aqueles que conseguem lutar pela verdade e pelo amor, e manter a esperança de que um dia seremos a Noiva Imaculada, mesmo que hoje estejam diante de tudo que discordam.

⁂

Conselheiro — para variar, sorrindo — interrompeu os meus pensamentos, acenando com a mão em frente ao meu rosto:

— Ei, Zoe! Onde você estava?

— Ah, desculpe! Fiquei perdida em meus pensamentos.

— Em nossas histórias?

— Sim, são tantas...

— Eu amo cada uma delas. Você está pronta para a cereja do bolo? Há somente um lugar nessa casa que você ainda não visitou.

— Ai, eu não vejo a hora! Acho que até sei qual é.

— Então o nosso tempo aqui terminou, pois há Alguém especial te esperando nos fundos da casa. É só seguir reto nesse corredor, abrir uma grade verde e você vai encontrar esse lugar.

Comecei a ficar extremamente ansiosa. Eu tinha quase certeza de como era aquele lugar. A casa toda parecia muito familiar, mas havia um lugar que eu já havia visitado em um sonho certa vez. Seria aquele?

Peguei meu prato e talheres e fui lavá-los na pia. Quando terminei, sequei as mãos, que estavam trêmulas de ansiedade. Então, sem perder muito tempo, fui em direção às entranhas da casa. Era muita a expectativa que enchia meu coração e, no fundo, eu sabia que aquele lugar seria muito especial. Conselheiro sorria ao me acompanhar saindo da cozinha e chegando à grade verde.

# Exercícios práticos

*Perto está o Senhor dos que têm o coração quebrantado e salva os de espírito oprimido.* (Salmos 34.18 – ARA)

1. Você já se sentiu invisível, ou se sente assim hoje? Como lidou ou como lida com isso?
2. Em que área da sua vida você tem servido ao próximo? Esse serviço tem sido pesado ou leve? Se estiver pesado, como estão suas motivações? Será que a necessidade de reconhecimento humano tem tirado sua alegria de servir?
3. Anote agora como o Espírito Santo o vê neste momento (se você pensa que Ele está bravo ou triste com você, repense — isso não é verdade. Sinta o amor d'Ele por você).
4. Escreva passos práticos de como você pode servir ao Corpo de Cristo, em sua igreja local, de maneira leve. Ou como você pode deixar algumas coisas de lado para manter seu coração puro enquanto serve a Deus.

**Acesse o QR Code para ter um momento de oração comigo. Desconecte-se um pouco de tudo e passe esse tempo com o Espírito Santo.**

"O importante não é o que fazemos, mas se somos obedientes para cumprir o que nos foi confiado."

*Oitavo capítulo*

# O gazebo de vidro

A grade era pesada, mas estava meio aberta; então empurrei e, para a minha surpresa, mal fez barulho. Diante de mim, havia um caminho de grama com flores de lavanda nas laterais, que cheiravam a frescor e alívio. Fui andando e passeando pelas violetas, peônias, brincos-de-princesa, tulipas, e o corredor parecia não terminar. Mas a verdade é que, secretamente, eu queria demorar mais tempo naquele trajeto maravilhoso que, logo de cara, já havia se tornado o meu lugar preferido.

Lentamente, continuei andando pelo corredor até que o caminho apresentou uma curva; quando eu, finalmente, virei à direita, enxerguei o que tanto aguardava: um gazebo de vidro, no centro de um lindo e incrível jardim. Ao seu redor, havia árvores de todos os tipos e tamanhos; e dentro dele, muitas flores diferentes penduradas no teto. A luz invadia e iluminava toda a redoma de vidro, o que era uma vista e tanto! Ao reparar melhor no gazebo, percebi que, na parte de dentro, havia um banco largo, em que sentava um indivíduo, provavelmente a última pessoa que eu conheceria na casa.

O homem usava roupas confortáveis, apoiava as duas mãos no banco, mantinha a cabeça erguida e os olhos fechados. Não sabia se podia interromper aquele momento, ainda mais pelo fato de que ele parecia estar respirando profundamente e descansando, com um quase sorriso no rosto. Sem saber muito bem o que fazer, dei alguns passos corajosos para dentro do gazebo e, bem devagarinho, eu me sentei ao Seu lado.

Meu coração reconhecia muito bem aquele lugar lindo. Ali era o ambiente da casa que eu mais tinha visitado em todos os anos da minha vida. Comecei a sentir lágrimas escorrendo no meu rosto sem parar. Eu realmente estava no meu lugar preferido! Sentada naquele banco, tentei não me mexer muito, mas quando olhei para as Suas mãos apoiadas no banco, percebi marcas, como se tivessem sido furadas. Logo em seguida, sem dizer nada, Ele abriu os olhos e sorriu para mim. Eu, por outro lado, não consegui ter reação naquele momento; era como se tudo à minha volta tivesse paralisado e eu me encontrasse ali, tentando, em meio a lágrimas, espremer um sorriso de retribuição.

Ficamos um bom tempo apenas sentados, apreciando as flores. No teto do gazebo, havia orquídeas, o que era perfeito. Não havia o que dizer... Estar naquele local era o suficiente para me fazer lembrar de todas as vezes que aquilo havia acontecido. Eu já conhecia aquele lugar, aquelas mãos, as flores e tudo mais que havia naquela parte da casa.

Lembro-me de um dia em que passei por um deserto muito grande em minha vida e senti como se a presença de Deus tivesse me abandonado. Tudo o que eu tinha era a minha Bíblia e minha fé. Eu, sempre muito emocional e sensível, tinha visitações angelicais e sobrenaturais constantemente — inclusive, até mesmo ouvia sons sobrenaturais — e, de repente, me encontrei seca. Não ouvia, não sentia e nem entendia mais nada; tudo estava mudo ao meu redor.

Ao contrário do que eu pensava, isso não durou apenas uma semana, mas muitos meses, e, nesse processo, o meu coração foi sendo esticado por Deus. No começo, pensei que estivesse em pecado; então pedia perdão por tudo que poderia ter feito ou esquecido de fazer, afinal, não era possível eu não sentir a presença do Espírito Santo. Contudo, nada acontecia. Depois disso, comecei a encarar como falta de fé; por isso, concentrava-me em conseguir sentir algo sobrenatural, mas aquilo também não adiantava de nada. A preocupação das primeiras semanas se intensificou gradativamente, até que me vi em pânico após alguns meses.

Conversei com a minha mãe e expliquei o que estava acontecendo. Ela, sabiamente, me deu um exemplo: "Cuido de plantas há muito tempo. Como todo jardineiro sabe, às vezes deixamos uma planta ficar sem água por um tempo, não tanto tempo para que ela acabe morrendo, mas o suficiente para que, quando receber a água, revigore-se de uma maneira incrível. Depois disso, ela acaba ficando mais forte e florida do que antes. Creio que, de vez em quando, Deus faz isso conosco para nos fortalecer e ensinar que não devemos viver só de experiências, mas pela fé, que vem pelo ouvir da Palavra de Deus".

Essas foram as palavras que eu recebi — e que precisava receber — para entender que meu relacionamento com Deus não era baseado em emoções e sensações, e sim em uma fé inabalável em Sua Palavra viva. Foi a partir desse momento que comecei a ordenar à minha alma a bendizer ao Senhor, como o salmista dizia em Salmos 103.1-2:

> *Bendiga, minha alma, o Senhor, e tudo o que há em mim bendiga o seu santo nome. Bendiga, minha alma, o Senhor, e não se esqueça de nem um só de seus benefícios.*

Entretanto, mesmo entendendo essa verdade e vendo a minha fé aumentar, o silêncio parecia não ir embora. Semanas e semanas haviam se passado, e eu estava perseverante, mas um dia, como ninguém é de ferro, eu me cansei. Entrei no meu quarto, sentei-me na cama, apoiei os meus pés no chão e resmunguei. Perguntei para Deus o porquê de todo aquele silêncio. Então implorei que viesse e falasse comigo. E, de repente, enquanto murmurava, alguém entrou no meu quarto — era como se um vento tivesse soprado dentro das paredes —, e eu sabia que era algo bom. Por outro lado, eu estava com medo, não como alguém quando assiste a um filme de terror, mas com um profundo temor, como se estivesse perto de alguém que merecesse muito respeito.

Não tive coragem de olhar em direção à porta, por isso, fechei meus olhos bem forte e fiquei quietinha. Ele havia entrado no quarto, e, na minha cabeça, fiquei esperando por Sua voz, mas, por vários minutos, nada aconteceu. Ainda de olhos fechados, senti, pelo afundar do colchão, alguém se sentar ao meu lado. Abri apenas um dos olhos e vi um homem grande e brilhante; porém não me atrevi a olhar em Seu rosto. Ele apoiou Seus pés e mãos da mesma maneira que os meus, e respirou fundo.

Eu, em minha loucura ou simplicidade — não sei dizer —, resolvi falar:

— Ok, já que Você está em silêncio, também ficarei.

Ele pareceu não se importar com a minha indignação e continuou pleno enquanto olhava para fora da janela. Ao falar aquela frase, foi como se uma chave tivesse virado dentro de mim; em apenas um segundo, decifrei o que estava acontecendo. O silêncio de Deus não era uma rejeição, e muito menos uma forma de me castigar. Naquele momento, eu tinha até me esquecido do que tanto queria ouvir de

Deus. Nem me lembrava do porquê de estar tão desesperada para ter minhas respostas, pois a única coisa que vinha em minha mente era aquele único momento em que Sua presença era mais do que suficiente, e só isso me satisfaria. Eu não precisava de uma música, de um milagre ou de uma cura, eu só precisava estar ali com Ele — como bons amigos que conseguem estar juntos sem precisar preencher cada lacuna sonora, pois a companhia um do outro já é suficiente. Não havia aquele desconforto, não havia dúvida de que eu me encontrava em meu lugar preferido: com Ele.

Imediatamente, eu me arrependi por ter pensado que Deus havia me esquecido ou que tivesse se cansado de mim. Comecei a entender que, quando Ele está em silêncio, eu também devo ficar. O silêncio nos ensina a sentir, a ouvir e, depois, um dia, a falar. Ficamos sentados ali por muito mais tempo, e naqueles instantes, meu coração se enchia de paz, alegria e amor. Nada poderia ser melhor do que aquilo. Era o momento de estar somente com Ele.

Quantas vezes queremos mais os benefícios da Sua presença como o direcionamento, a unção, a sensação, a *vibe* ou uma resposta, do que a própria presença?! E quantas vezes nos "viciamos" em experiências do toque de Cristo, mas nunca chegamos ao lugar de desapego total, em que o que mais queremos é somente Ele. Sem trocas, privilégios ou respaldos. apenas Ele?!

***

Naquele jardim incrível, eu nem sabia mais o que dizer, eram tantas palavras e emoções que eu havia esquecido que Ele sentia tudo o que eu sentia e ouvia tudo que eu queria falar. Ele, com o Seu jeito tão maravilhoso, disse:

— Eu amo quando nos sentamos aqui.

— Eu também! Fico até meio sem saber o que dizer...

— Eu percebi. São tantas histórias neste banco; provavelmente, é o lugar mais familiar nesta casa, não é?

— Com certeza! Foi neste banco que encontrei minhas melhores respostas, aquelas respostas que não precisam de palavras, sabe?

Ele apenas sorriu, pois sabia exatamente o que eu queria dizer. Não demorou muito para que eu logo me lembrasse do dia em que havia escrito uma canção naquele banco:

> Existe uma canção
> Que só Tu podes ouvir
> Do meu coração para o Teu
>
> Existe um amor
> Que só Tu podes sentir
> No profundo em mim
>
> Que é só Teu
> Que é só Teu [...]

Apesar de ser capaz de verbalizar pensamentos e emoções, existem alguns sentimentos que nunca vou conseguir colocar em uma redação, poema, canção e, talvez, nem em uma tela. Esses sentimentos são os mais profundos e intensos do meu ser; aqueles que me fazem explodir por dentro e que me dão razão para existir.

Jesus Cristo sabe ouvir a canção mais silenciosa da nossa alma; sabe sentir o amor por Ele que existe em nosso coração, assim como discerniu o coração da mulher samaritana no poço. Ele sabia as respostas de que ela realmente precisava. Havia, ali, um coração que desejava adorar a Deus; para muitos, aquela mulher adúltera seria a última pessoa que pensariam em ajudar (cf. João 4.7-31). Jesus consegue nos sentir e nos ver além dos nossos rótulos, e, nesse lugar secreto, todos os estereótipos que carregamos simplesmente evaporam.

Enquanto me lembrava daquela canção, os raios de sol invadiam os vidros do gazebo e o Grande Amigo, que parecia extremamente confortável sem falar muito, tinha Suas cicatrizes expostas à medida que a luz batia em cima delas. Ele, apesar disso, não fazia nenhuma questão de escondê-las. Quebrando o silêncio, assim que percebeu o meu olhar, Ele me disse:

— Você fica olhando para as Minhas mãos como se tivesse acontecido algo muito doloroso.

— Mas com certeza aconteceu, e provavelmente doeu demais.

— Sim, mas não se compara à alegria que tenho quando a vejo aqui.

— Eu não faço quase nada quando estou aqui.

— Claro que faz! Você cheira todas as flores, sente as folhas, dança ao som de sua própria música e Me olha por muito tempo. Isso, para Mim, é adoração. Eu Me torno tudo para você aqui e tudo o que você vive se torna tão pequeno.

— Minha maior lembrança aqui foi o dia em que vi os Seus pés.

— Sim, que momento inesquecível!

***

Durante o louvor, em uma reunião que participei anos atrás, a presença de Deus invadiu o lugar de maneira tão especial, que mal conseguíamos ficar de pé. Todos estavam adorando a Jesus apaixonadamente e não havia ninguém apático. Era impossível não perceber a presença tangível do Senhor naquele lugar. Ajoelhei-me e, naquele momento, as minhas pernas já estavam fraquejando; foi quando vi dois pés bem em frente ao meu rosto. Eles brilhavam tanto e eram tão lindos, mesmo com aquelas cicatrizes no centro de cada um deles. Eu sabia exatamente de Quem eram aqueles pés, o que me fez começar a chorar compulsivamente. As minhas lágrimas caíam em cima deles e eu os beijava sem parar. Por um instante, vi-me como aquela mulher que entrou na casa onde Jesus estava, e, ali, beijava os pés d'Ele, enxugava as lágrimas com os seus cabelos e derramava um perfume especial (cf. Lucas 7.38).

Foram tantas emoções que passaram em minha mente naquele momento, mas aquele ato era a resposta mais natural que poderia dar a Ele. O Grande Amigo tinha lavado os meus pés também, e o mínimo que eu poderia fazer era retribuir. Quando tudo acabou, nunca mais vi as mãos e os pés de Cristo da mesma forma. As cicatrizes não carregavam apenas uma história, e sim todo o amor do mundo por mim. Era Graça sobre Graça em minha vida, abundante e impressionante Graça.

Esse jardim é sempre cheio de amor e parece ser o lugar mais profundo para mim, aquele em que realmente consigo alcançar a glória de Deus. Quando digo isso, refiro-me à presença manifesta de Deus. Parece que nesse lugar tudo é mais tangível, lindo, perfeito, e eu fico extasiada ao andar, ao me sentar ou simplesmente ao respirar naquele ambiente. É o lugar do descanso.

Em outras partes da casa, sempre estou fazendo, obedecendo, ouvindo ou desvendando algo especial; recebo informações que podem me transformar, escuto palavras de encorajamento, libero o passado, vejo o futuro... mas somente no jardim que eu abraço o presente, o agora.

Em geral, temos muita dificuldade para viver o hoje. Ou estamos chorando pelo passado, remoendo-nos ou reclamando do que era melhor, ou estamos planejando o futuro e esperando o melhor. Reflexão e planejamento são saudáveis, mas viver o hoje pela metade é não conseguir ser o que Deus tem para a nossa vida no presente. Nesses momentos em que nos encontramos face a face com Ele, somos encorajados a viver intensamente o agora, a valorizar o que **já** existe em nossas mãos e a não desprezar os pequenos começos. Muitos querem mais de Deus, mas mal conseguem usufruir do que Ele já lhes deu **hoje**.

Estar diante dos pés de Cristo naquele dia não foi o cumprimento da minha missão nem a recompensa por um trabalho árduo; foi apenas um relance de Sua glória, mas que me mudou para sempre. Nada mais me importava naquele instante; a revelação do Seu amor na Cruz era o suficiente para manter a chama acesa em meu coração até meu último suspiro.

Creio que, quando atingimos o centro do coração de Deus, não existe espaço para pensarmos em algo além da Sua presença. As estratégias, soluções e direções não entram naquele jardim espetacular, porque, ali, só há lugar para o amor: o amor de Deus por nós e nosso amor por Ele. É naquele lugar que ocorre uma verdadeira conexão, que nos liga de maneira inexplicável e nos torna mais como Ele, ou seja, é ali que O adoramos em espírito e verdade.

A adoração genuína nunca foi baseada em emoções, mas na revelação do sacrifício de Jesus Cristo. Vejo tantas pessoas que encaram o momento de adoração como uma oportunidade de receber alívio, sentir arrepios, ouvir uma música boa ou cantar algo lindo... E todas essas coisas podem, sim, acontecer durante esse momento. Mas e quando isso não existir? Será que manteremos nossa paixão acesa quando tudo parecer estar fora do lugar? Quando as respostas de oração não vierem? Será que na dureza ou apatia da vida ficaremos cansados de correr para a sala do trono de Deus? Quando finalmente entendemos quem somos sem Ele e quem nos tornamos com Ele, não existe mais espaço para o orgulho. Então, podemos encontrar o verdadeiro quebrantamento que, por sua vez, abre as portas para a genuína adoração.

Enquanto tentava me recompor depois de tantas memórias que tinham vindo à tona, comecei a ouvir pelo corredor passos que ecoavam até o meio do jardim, o que, rapidamente, me fez levantar do banco para ver quem chegava. Foi quando avistei Pops e Conselheiro vindo com muita alegria em nossa direção. Ambos entraram onde eu e Meu Amigo estávamos, e todos nos sentamos juntos dentro do gazebo. Ninguém falava nada, apenas sentíamos uma alegria extrema e um amor incondicional, enquanto comecei a tocar uma névoa branca que nos rodeava. O tempo não existia naquele lugar; era como se eu estivesse dando uma espiada na Eternidade. Fechei os olhos e só conseguia sentir uma coisa: extrema gratidão. Gratidão por ter passado por todos os vales com o Senhor — Pops, Conselheiro e Meu Amigo — e por ter escalado todas as montanhas, também. Gratidão por saber que aquela casa não era uma casa de férias ou um hotel, mas o meu lar e lugar. Eu não precisava visitar, mas podia morar ali todos os meus dias.

Eu não era perdida, órfã, abandonada nem esquecida, eu era a menina dos Seus olhos.

Finalmente, estava entendendo que não precisava sofrer ou ser perfeita para pertencer àquele lugar. Eu precisava apenas crer.

Aquela casa era — e é, até hoje — meu lugar secreto, meu refúgio, meu esconderijo. Em alguns dias, ainda me escondo ali, principalmente quando sinto que não consigo mais caminhar e preciso descansar; em outros, eu só me divirto com conversas engraçadas com o Conselheiro — Ele tem o melhor senso de humor de todos. Ele sempre me faz arriscar, dando passos no escuro; no meio da crise, Ele me faz dar risada, e Sua presença constantemente me protege, guia e alivia. Outras vezes, ainda, choro sem parar com o Meu Amigo, e só de fazer isso em silêncio, tudo é compreendido e resolvido. Ele consegue captar tudo o que estou pensando e trazer ordem para o meu caos apenas com o Seu olhar. As manhãs com Pops... Ah! Como Ele me ama perfeitamente! Sempre me mostra quem sou e quem devo ser durante o meu dia. Suas palavras ecoam durante o dia inteiro, enquanto trabalho, ministro ou crio algo para que Ele veja.

Não saberia viver sem esse lugar. Há anos, encontrei tudo o que eu precisava aqui e, para falar bem a verdade, sei que estou apenas começando a conhecer Deus, que é infinito e que, no meio de Sua grandeza, consegue Se encaixar em minha realidade e estar sempre por perto. Além de cuidar de bilhões de pessoas no planeta, consegue ouvir meus sussurros ao dormir, meus pensamentos quando estou com medo; enxuga minhas lágrimas quando me sinto perdida, segura minhas mãos quando estou caindo e ainda me abraça como me abraçou naquela primeira noite. Indescritível é o Seu amor por mim.

Faça sol ou chuva, eu sempre correrei para esse lugar, onde posso dançar, cantar, criar e respirar. A tempestade pode me impedir, mas, mesmo em meio a todas as ondas, que meus olhos se encontrem olhando nos Seus. Quando a vida levar tudo o que as minhas mãos poderiam segurar, que elas se encontrem dentro das Suas. E, quando meu chão desabar, que meus pés estejam em cima dos Seus grandes pés. Assim, no final, nada será a respeito do que aconteceu, do que fizeram a mim, do que errei ou acertei, do que perdi ou ganhei, e sim, simplesmente, a respeito d'Ele: Jesus; de quem eu sou n'Ele, e quem Ele é para mim.

# Exercícios práticos

*Porque estou convencido de que nem a morte, nem a vida, nem os anjos, nem os principados, nem as coisas do presente, nem as do por vir, nem os poderes, nem a altura, nem a profundidade, nem qualquer outra criatura nos poderá separar do amor de Deus, que está em Cristo Jesus nosso Senhor.* (Romanos 8.38-39 – ARA)

1. Como está seu tempo de qualidade com Deus Pai? Quanto tempo você passa diariamente em Sua presença? O que você gostaria que mudasse nesse tempo de intimidade com Ele?
2. Você já passou por um momento em que sentiu que Deus estava em silêncio? Se sim, como lidou com isso? Como você lidaria com isso **hoje**, nessa mesma situação?
3. Reserve um tempo para escrever tudo pelo que você é grato, lembrando de todas as suas histórias com Ele nesse lugar seguro da Sua presença.

Acesse o QR Code para ter um momento de oração comigo. Desconecte-se um pouco de tudo e passe esse tempo com o Espírito Santo.

“As estratégias,
soluções e direções não
entram naquele jardim
espetacular, porque, ali,
só há lugar para o amor:
o amor de Deus por nós
e nosso amor por Ele.”

*Nono capítulo*

# O seu habitat

Essas são algumas das histórias que experimentei na *casa da porta vermelha*. Obviamente, não consegui contar nem metade de todas as aventuras que vivi e ainda vivo nessa casa, que tento, ao máximo, não apenas visitar, mas **habitar**. Nesse processo, entendi que ela é uma das maneiras que Deus usa para falar comigo individualmente, o que sempre acaba sendo uma experiência poderosa e transformadora.

Gostaria que você nunca pensasse que precisa ter uma casa igual a minha. Talvez, Deus o encontre em uma floresta, em um parque de diversões, em uma cidade gigante, em uma fazenda ou em uma praia distante. Ele tem a capacidade de nos encontrar da forma que entendemos. Esses relatos foram apenas para inspirar você a procurar o seu lugar secreto em Deus.

Você não precisa ter visões abertas, ouvir vozes sobrenaturais e trombetas soando, ou ver anjos voando para se encontrar com Ele. Por outro lado, Deus também pode abrir a realidade dos Céus sobre a sua vida e fazer o mundo sobrenatural entrar em ação. O mais importante não é como você se conecta com Deus, mas se essa conexão é profunda e diária.

Muitos perguntam: "Como posso adquirir mais intimidade com Deus?". Acho que essa é uma das perguntas mais difíceis de responder. A intimidade com Deus é uma jornada de cada pessoa e, por isso, nunca poderá ser trilhada por outro alguém. Não existe uma fórmula que funcione para todos. É como tentar fazer alguém se apaixonar por outra pessoa ou como tentar convencer alguém a querer ser amigo de outro. É quase impossível.

Antes de mais nada, a intimidade vem pelo tempo de qualidade juntos, pelo convívio, pelas histórias vivenciadas, mas tudo isso vem por meio do mais importante: o **amor**. O amor por Deus me levou a ter mais fome por Sua presença e, assim, começar a andar nessa estrada única e individual. Aprender a receber o amor de Deus nos ensina a amá-lO de volta. Devemos ser simples como uma criança, e não complicar pensando: "Será que é da minha cabeça?", "Será que eu mereço?" ou "Será que é real?". Tudo isso nos impede de nos aproximarmos d'Ele. Ser humilde para simplesmente aceitar Seu amor é o primeiro passo para nos apaixonarmos por Ele.

Durante essa caminhada, entendi que a intimidade com o Pai é como descascar uma cebola — causa choro e incômodo, mas, a cada camada tirada, mais próximos ficamos do centro: Ele. As camadas representam nossas máscaras, nossa reputação, autossuficiência, teimosia, aparência, intelectualidade, orgulho — e por aí vai a lista gigantesca de todos os impedimentos que nós mesmos colocamos entre nós e Deus. Ao arrancar essas camadas, encontramo-nos com a verdade nua e crua de quem somos, e, assim, podemos escolher: fugir e pegar nossas camadas de volta ou permanecer, permitindo que Ele nos transforme.

Por esse motivo, muitos de nós preferem nem começar essa jornada, culpando a vida corrida, a falta de sensibilidade, o louvor que não está ungido, a fase difícil da família, a Igreja hipócrita, o líder sem caráter, a crise financeira e todas as outras desculpas que damos para não nos rasgarmos em Sua presença, com os joelhos no chão.

Não existe a possibilidade de nos desenvolvermos com profundidade se nossos corações se encontrarem trancados pelos nossos próprios cadeados. Em algum momento, teremos que abrir para que Ele entre e faça morada. A cada "camada" da qual nos desfazemos, perdemos um pouco do controle para que Deus comece a reinar; e, quando Ele reina, tudo entra em seu devido lugar. Não existem mais segredos nem reservas. Não existe 99% nem 50%, apenas 100% do abandono de nós mesmos. Esse abandono custa mais do que qualquer coisa nessa vida — custa tudo. Ao fazermos isso, a confiança em Deus começa a se tornar uma das maiores expressões de adoração a Ele.

Uma outra lição que aprendi é que na intimidade com Deus, não existe negociação; não existe ser íntimo para ter mais unção para o ministério, para ser promovido ou para aparecer perante os homens. O que os outros pensam não existe no lugar secreto. Não estamos diante da presença de Deus somente para nos equiparmos para o nosso ministério, mas porque entendemos que aquele lugar é o nosso habitat natural.

O ministério e o chamado, muitas vezes sem percebermos, acabam se tornando prioridade por causa das urgências. Acabamos nos doando nas ministrações, pregações, aulas, discipulado, mas nunca podemos nos esquecer da necessidade de sempre nos mantermos abastecidos no lugar secreto. Não é o ministério ou o chamado que nos definem, mas quem somos aos olhos de Quem nos chamou e escolheu. Aquele que nos chamou sempre será maior do que nosso chamado, e quando nos posicionamos dessa forma não precisamos lutar para manter nossa reputação, e sim para manter nosso coração puro diante de Deus.

Nunca vi pessoas cheias de Cristo competirem com os outros, pois pessoas íntimas de Jesus não precisam provar quem são; elas já sabem que o Dono de todo o Universo as conhece muito bem. É nesse lugar escondido em Cristo em que somos plenamente satisfeitos, reconhecidos e honrados. A necessidade de ser visto, valorizado, enxergado ou promovido, simplesmente desaparece, pois o Pai é Quem nos honra de uma maneira que nenhum homem poderia fazer.

No lugar secreto, também colocamos nosso fardo diante de Deus, desabafamos tudo o que precisamos — sem confundir o desabafo com a autopiedade. Afinal, podemos e devemos ser vulneráveis, mas é necessário saber que chorar diante do Senhor não é apenas para encontrar alívio, e sim para semear. Quando a Palavra diz, em Salmos 126, que aquele que semeia em lágrimas ceifará com alegria, ela não está se referindo àquele que permaneceu em tristeza, pois semear tem a ver com trabalho, e, quando trabalhamos, estamos em movimento. Não estamos sentados sob nossa tristeza e amargura, estamos caminhando e crendo no Deus do impossível. Nosso choro pode ser profundo, mas nossa confiança precisa ser ainda mais. É nesse lugar em Deus que podemos semear em lágrimas, crendo que nada é desperdiçado e que Ele sempre tem o melhor para nós.

Jesus, mesmo sendo o Filho de Deus, também tinha o Seu lugar secreto. Ele operava milagres, mas sempre Se retirava para estar só (cf. Lucas 5.16). Nesses momentos, Ele recarregava as Suas energias e tinha comunhão individual com Seu Pai. O que mais tem faltado em nossa geração é o tempo a sós com Deus, em um lugar onde o celular e as mídias sociais não têm voz; onde conseguimos ter espaço para sermos profundos no conhecimento do Senhor.

Essa profundidade em Deus não é gerada quando alguém ora por você, mas em sua iniciativa em caminhar com Cristo. Eu acredito no poder de Deus por imposição de mãos — inclusive, encontramos inúmeras passagens bíblicas que falam sobre isso (cf. Atos 8.16; 19.6). Podemos receber uma porção do Espírito Santo, uma cura ou um milagre por meio da vida de pessoas ungidas colocando as mãos sobre nós. Agora, a intimidade é a única coisa que não pode ser transferida por homens de Deus, pois é um fruto que deve ser cultivado com energia, tempo, carinho e dedicação.

Entretanto, na fúria por resultados rápidos, acabamos nos perdendo e esquecendo de que os frutos nunca são imediatos. Frequentamos grandes conferências, reuniões e acampamentos com a ilusão de que nos tornaremos íntimos de Deus assim que chegarmos em casa. Esses eventos são de grande importância na vida de um cristão, proporcionando alimento, comunhão com os irmãos, fortalecimento e inspiração. Amo participar desses ajuntamentos do Corpo de Cristo, pois transformam minha mente, mas, ao chegar em casa, **eu** sou responsável por colocar em prática tudo o que ouvi, vi e experimentei. Tudo isso pode nos impulsionar a tomar decisões cruciais, porém, não geram caráter e bons frutos imediatamente.

A vida pós-moderna tem nos tornado preguiçosos espiritualmente, assim como o sedentarismo, que, além de ter invadido o cotidiano das pessoas na época em que vivemos, também entrou na Igreja de Cristo. Preferimos ser um povo dependente do sermão de domingo do que ler os milhões de sermões dentro de nossa Bíblia, que fica empoeirada na prateleira, sem muito uso. Preferimos ligar para a equipe de intercessão do que simplesmente dobrar nosso joelho e clamar pela presença de Deus. Preferimos pedir uma palavra profética do que ouvir as direções do Espírito Santo. Preferimos a distância e a zona de conforto, pois o compromisso requer tudo de nós.

Até quando fugiremos da Sua presença? Até quando ficaremos apáticos ao vê-lO entrar em nossas reuniões? Até quando olharemos para a Cruz como apenas uma história bonita? Até quando teremos a chave para o lugar secreto e a deixaremos em nosso bolso?

O tempo é agora, e não quando as coisas piorarem ou melhorarem. Agora é o momento de quebrar nossa rotina sedentária espiritualmente e correr atrás do melhor de Deus. Não diz respeito à circunstância da nossa vida, mas à revelação de quem Ele é. O tempo de aprender a nos ajoelharmos em Sua presença e ouvir Sua voz é agora. O tempo de deixarmos nossas carências aos pés da Cruz e deixarmos que Ele seja o nosso tudo é agora. O tempo de perdoar nosso irmão e de amar o perdido corajosamente é agora. O tempo de ser as mãos e os pés de Cristo por onde for é agora. O tempo de deixar nosso caráter ser moldado pelas mãos do bom Pai, nosso Oleiro, é agora.

E como fazer tudo isso de maneira prática? Como simplificar o lugar de intimidade com Deus para a nossa realidade?

## Tempo

Assim como já escrevi anteriormente, o tempo é essencial na construção da nossa intimidade com Cristo. É o que faz um fruto germinar, um bolo assar, um machucado curar e assim por diante; tudo necessita de **tempo** para crescer. Passar tempo em oração, na solitude, lendo a Bíblia, em adoração e meditação nos leva a um lugar de encontro com Deus e, assim, de encontro com nós mesmos.

Nunca vi alguém conhecer outra pessoa profundamente sem que tivesse passado tempo junto — não apenas conversando, mas observando, sentindo e ouvindo. Muitos passam tempo com Deus da forma errada. Vivem Lhe dando sugestões do que fazer e só falam com Ele quando precisam de socorro; e quando algo bom acontece, agradecem rapidamente. É como se Deus fosse uma máquina de Coca-Cola: colocamos uma moeda de jejum, de pedido de oração e ficamos esperando a resposta descer. Porém, o Senhor é uma pessoa que anseia por relacionamento e por tempo de qualidade conosco.

Ter tempo com Ele não é pedir ou mandar que Ele nos ajude, é derramar nosso coração e ouvir Sua voz logo em seguida. É cantar verdadeiras palavras de amor, e não só cantar aquilo que decoramos de um hino. É aprender a sentir Sua presença durante o dia, durante a noite e durante Seu silêncio. É orar o que o Espírito Santo nos inspira a orar, e não fazer orações egocêntricas.

O tempo é precioso. Nunca teremos de volta o que já se foi, então que venhamos a usufruir o máximo que podemos do tempo na presença de Deus.

## Confiança

A segunda chave para cultivarmos intimidade é termos fé nas palavras de Deus, confiança em meio à escuridão e aos mistérios da vida. Confiamos apenas em quem conhecemos; mas, para conhecermos, também precisamos colocar à prova esse conhecimento. O Senhor nos pede, em Salmos 34.8, que O provemos e vejamos que Ele é bom. Quando

O colocamos à prova, deparamo-nos com um Deus melhor do que imaginávamos. Assim, nossa fé aumenta e conseguimos conhecer um pouco mais do Seu caráter.

A fé vem pelo ouvir as palavras da Bíblia, e, quando tomamos posse daquilo que lemos diariamente — repito, **diariamente** —, fortalecemos nosso homem interior, sabendo que Ele já está falando conosco, independentemente do que estamos sentindo. Isso requer humildade para percebermos que não precisamos de todas as respostas, nem do controle. Pessoas quebrantadas atraem a presença de Deus onde estiverem, pois um coração quebrantado o Senhor nunca desprezará (cf. Salmos 51.17).

Quando aprendemos a confiar n'Ele encontramos um descanso sobrenatural: o descanso em Suas palavras, em Seu caráter e em Sua presença. Nosso relacionamento vai do superficial ao profundo em segundos, pois não estamos O amando porque Ele nos abençoa, mas por quem Ele é. Dessa maneira, tornamo-nos como Jó, desprendidos das coisas terrenas, crendo que independentemente do que acontecer, Ele permanece bom e amoroso.

## Obediência

No lugar secreto em Deus existe ordem, e nosso coração também precisa estar em ordem para termos mais d'Ele. Para isso, quase sempre, é necessário que obedeçamos a algum comando. A obediência sempre será melhor do que o sacrifício (cf. 1 Samuel 15.22), pois é na obediência que aprendemos a conhecer quem Deus é.

Nossa entrega absoluta não começa com coisas gigantes, mas com aquilo que Ele nos pede hoje — as pequenas coisas com as quais o Espírito nos incomoda. Queremos ver nosso chamado ser cumprido sem tomarmos os passos que serão os fundamentos de todo o nosso destino. Não adianta fazermos tudo o que é bom, se não obedecermos àquilo que o Senhor já tem colocado em nossas mãos. A obediência sempre anda de mãos dadas com a intimidade, pois quem obedece aos mandamentos de Deus, verdadeiramente O ama (cf. João 14.21).

# Exercícios práticos

*Aquele que habita no esconderijo do Altíssimo, à sombra do Todo-Poderoso descansará.* (Salmos 91.1 – ARA)

1. O quão amado por Deus você se sente? O que o impede de receber esse amor?
2. Quais decisões você tomará em relação ao **tempo** com o Senhor? Como você incluirá na sua rotina o tempo para desenvolver mais intimidade com Ele?
3. Anote as áreas da sua vida que precisam ser confiadas a Deus, desde as maiores até as que você pode achar simples ou pequenas demais.
4. Em que aspecto da sua vida você sabe que precisa obedecer a Deus? Considere áreas emocionais, espirituais, sexuais, físicas ou financeiras.
5. Por fim, escreva a maior lição que você aprendeu desse tempo na leitura de *A casa da porta vermelha*.

**Acesse o QR Code para ter um momento de oração comigo. Desconecte-se um pouco de tudo e passe esse tempo com o Espírito Santo.**

"Ser humilde para
simplesmente aceitar
Seu amor é o primeiro
passo para nos
apaixonarmos por Ele."

# Oração

*Oro para que, após ler todas essas histórias, você seja inspirado a procurar seu habitat; o lugar onde você se sinta em casa, onde tudo o que você necessita esteja bem à sua frente, e em que encontre Aquele de que o seu coração mais precisa: Jesus Cristo.*

*Que não venhamos a falar de um Deus que conhecemos por meio das histórias dos outros, mas que nós mesmos possamos construir histórias inesquecíveis com Ele. Que não compartilhemos de um amor de que apenas ouvimos falar, mas de um amor que enche a nossa vida a cada instante. Que não orientemos os outros baseados em sabedoria humana, mas na comunhão verdadeira com o Espírito Santo.*

*Hoje mesmo Ele está pronto para lhe mostrar todo o Seu amor, para guiá-lo pelos cantos profundos do seu coração, para segurar as suas mãos e, com um sorriso no rosto, dizer: "Vamos?".*

# Testemunhos

**Como a leitura de *A casa da porta vermelha* transformou a sua vida?**

**I. N.**
**27 anos, São Luís/MA**

Eu cresci na igreja, como costumamos falar, e sempre tive uma visão de Deus meio distante, talvez pela religiosidade ou por falta de profundidade minha. Então cheguei à fase adulta crendo em um Deus distante, até me deparar com situações que fugiam totalmente do meu controle — separação dos meus pais, meu irmão saindo de casa e afastado de Deus, tudo junto. Nesse período, ganhei o livro *A casa da porta vermelha* e me vi num lugar em que eu poderia ter um Pai perto, uma cadeira para conversar com Ele, caixas para abrir e me resolver, uma intimidade sobre a qual nunca havia ouvido com tanta clareza e singeleza de coração.

"– Eu sempre te espero, mesmo quando você acha que não. Esta é a nossa sala, o lugar onde sempre temos nossas conversas. Hoje, resolvi te dar um gostinho visual do lugar em que esses momentos acontecem." (Quarto capítulo: A biblioteca magnífica, pág. 54)

Desde então, a caminhada tem sido mais "fácil". Não que os problemas tenham se resolvido; acho até que aumentaram. Mas sempre me esforço para visitar essa casa, fico me relembrando de revisitar a biblioteca, a cozinha e, principalmente, ver Deus perto de mim.

O livro foi tão relevador para mim, que, mesmo todo rabiscado, eu ousei compartilhar com meu noivo na época, com meus amigos e todo mundo.

**M. S.**
**27 anos, Ipatinga/MG**

Meu pai não foi presente em boa parte da minha vida, e nos momentos em que ele esteve, não conseguia ser um pai amoroso e provedor. Isso gerou feridas e traumas em muitas áreas da minha vida. Por meio das páginas do livro *A casa da porta vermelha*, Deus me trouxe cura interior, principalmente a respeito de paternidade. Eu nunca havia me emocionado com nenhum livro além da Bíblia, mas, com este, tive um impacto sobrenatural, com transformação de dentro para fora a respeito de rejeição, orfandade, vitimismo, medo e finanças. Hoje, eu me encontro muito melhor, curada, e sempre em busca de evoluir mais sobrenaturalmente em Deus. Gratidão pela riqueza deste livro!

**S. M.**
**25 anos, São Miguel do Guamá/PA**

Confesso que, no início, ao saber do livro, meu coração estremeceu. Primeiro de medo — pois era a estação em que eu estava lutando contra ele —, mas também de um anseio, como se algo dentro de mim dissesse: "Não é apenas um livro. Eu falarei e nomearei o que você não consegue pôr em palavras", e ali eu sabia que era Deus. É difícil resumir em palavras o que foi essa leitura. A cada página me vi trilhando a jornada para o coração de Deus, mas também para a minha cura interior. O livro curou feridas que achei ser incuráveis. Zoe, muito obrigada! Parecia que você estava falando de mim. Página por página, o Espírito Santo vinha com um consolo sobrenatural, pois eu vivi experiências até mesmo dentro da Universidade e nos locais onde estava inserida.

A leitura me fez abrir caixas que eu achava ter resolvido, e então percebi como maquiamos uma falsa cura, mas a decisão de abrir essas caixas é nossa — glória a Deus, pois decidi abrir! O mais importante foi a profundidade no relacionamento com o Espírito Santo, Jesus e o Pai. Eu aceitei o seu convite em criar a minha própria história com Ele e já não estou na superfície desse relacionamento. O livro removeu as escamas da distância e me aproximou do meu Pai, do meu amado Jesus e do meu amigo Espírito Santo. Gostaria que todos pudessem acessar essa leitura. Hoje, sou outra mulher, e a maior evidência é meu comportamento e um coração renovado. Muito obrigada, Zoe, por compartilhar conosco sua história. Eu fui alcançada por meio de sua vida, e você me ajudou no caminho para a cura de feridas que eu achava impossível curar.

**E. M.**
**49 anos, Sapiranga/RS**

O livro me fez colocar Deus em primeiro lugar e me levou a perdoar pessoas e a mim, parar de culpar os outros, voltar a estudar (eu não tinha terminado nem o fundamental), trazer à memória aquilo que me dava esperança e entender que eu não posso mudar muitas situações, mas posso fazer tudo que me vier à mão da melhor forma (como se fosse uma oferta a Deus). Obrigada! Que Deus siga *te* abençoando.

**R.**
**27 anos, São Paulo/SP**

Enquanto lia cada capítulo, eu sentia Deus remexendo dentro de mim áreas que não tinha consciência de que necessitavam ser acessadas. Eu me recordo que, quando lia a descrição de cada cômodo e o que ele representava na vida da Zoe, eu me sentia presente na narrativa, tendo as sensações na alma, mas relembrando de fatos sobre a minha vida e Deus falando audivelmente comigo, como jamais havia falado por qualquer outro livro. Mas o que mais me marcou foi o final do livro; a presença da glória de Deus estava tão forte no meu quarto, o Senhor acessou a minha alma de uma forma que até então nunca havia presenciado.

Nunca senti a glória e o amor d'Ele de forma tão palpável em toda a minha vida. Não consigo descrever em palavras o que aquele momento foi para mim, mas foi tão surpreendente que eu passei horas ali prostada. Não conseguia sair daquela atmosfera densa — e também não queria. Parecia que estava em um lugar que nasci para estar. Após esse momento (que, para mim, foi um marco na caminhada cristã), consegui ter meu próprio lugar de encontro com o Pai. É tão maravilhoso quando eu fecho os olhos e oro, e Ele me leva para a nossa colina. É uma colina com uma árvore, onde sempre sinto a brisa fresca do dia; sempre que me vejo nesse lugar, Ele está ali me esperando! A minha sensibilidade espiritual foi outra após esse encontro por meio do livro.

**K. O.**
**17 anos, Minas Gerais/MG**

Estava lendo o livro na escola entre uma aula e outra quando fui surpreendida com a amor de Deus. Perdi meu pai aos 10 anos, e, depois de um tempo, tive uma experiência de sentir o abraço de Deus. Foi o encontro mais marcante que tive! Então, assim que li o trecho em que a Zoe descreve o momento em que Ele a abraçou também, o amor do Senhor me encontrou, e desabei a chorar no meio da sala de aula. Meus amigos me perguntaram o que tinha acontecido, e eu tive a oportunidade de contar para eles o meu testemunho e o da Zoe.

**N. A.**
**23 anos, Ribeirão Preto/SP**

Que oportunidade maravilhosa poder deixar esta mensagem em um livro que me marcou profundamente. Quando li *A casa da porta vermelha*, eu estava morando em outra cidade, frequentando uma igreja diferente e tinha um relacionamento limitado com Deus. Limitado porque ainda não compreendia plenamente minha responsabilidade como filha em manter a casa organizada. Este livro aborda exatamente isso. Lembro que, ao lê-lo, foi como se meus olhos se abrissem e eu finalmente entendesse tudo. Aqui, você vê e conhece a casa. Não é uma metáfora, nem um jogo de palavras. A casa existe e está dentro de nós. Talvez ela esteja esquecida, cheia de pó e desordem. Mas comece esta leitura! Ela vai *te* guiar nos passos de limpeza e organização da casa. Esta é uma leitura que traz confronto e desperta a metanoia.

"Muitos, quando não recebem o que pedem para Deus, revoltam-se e param de segui-Lo. O amigo e o filho permanecem mesmo em tempos de mistério." (Sexto capítulo: Descendo para o porão, pág. 96)

Hoje, a minha vida com Deus é completamente outra. Tenho certeza de que este livro fez parte da minha "virada de chave". Para finalizar, deixo aqui uma referência bíblica que recebi quando adquiri o livro, no Fornalha Tour de 2018, anotado pela própria Zoe Lilly: Isaías 58.11.

Que Deus *te* abençoe muito!

**H.**
**19 anos, Curitiba/PR**

Este livro foi algo tão humano, ao mesmo tempo tão sobrenatural... Zoe descreveu exatamente o confronto entre nosso entendimento e o entendimento de que não temos controle — o que o Pai quer e como quer para nós. Este livro foi um divisor de águas em vários processos de conhecimento sobre a minha identidade, e principalmente a identidade do Senhor, quem Ele é: um Pai que cuida, dá abrigo, dá amor!

"[...] além de segurar todos os planetas em seu lugar, consegue segurar o meu coração com tanto amor." (Agradecimentos, pág. 9)

**F. F.**
**25 anos, Manaus/AM**

Resolvi ler este livro após sofrer uma grande decepção em minha vida. Eu não imaginava o quanto Jesus usaria cada um dos capítulos para tratar em meu coração feridas e dores que eu nem percebia que tinha. Adquiri o livro por ser da Zoe, mas não fazia ideia de que eu seria totalmente impactada por cada palavra. Lembro-me de que comecei a ler e não consegui parar. Li por três horas seguidas, e, junto às páginas viradas, as lágrimas iam rolando pelo meu rosto.

Quando chegou no trecho do porão, abrindo a caixa e vendo a rosa... uau, ali eu entendi o motivo de Deus ter me feito ler este livro. Eu realmente estava com a caixa das expectativas em minha vida, crendo que aquela pessoa que tanto me decepcionou um dia pediria desculpas e reconheceria a dor que me causou, mas naquele momento, naquela leitura, eu entendi que perdoar é deixar ir e não esperar nada em troca. Enfim, Zoe, não digo essas palavras para que sejam escolhidas, mas aproveito esta oportunidade para *te* agradecer! Suas dores e histórias me ajudaram a entregar minhas dores e sofrimentos aos pés do Senhor. E sim, este livro fez parte desse processo! Marcou a minha vida. Deus seja louvado!

**F. L.**
**17 anos, São Paulo/SP**

Eu moro no serviço de acolhimento faz dois anos. Quando cheguei, passei quase um ano sem ter certeza da existência de Deus, e fiquei revoltada... Por conta das escolhas da carne, eu me sentia ameaça por Deus, como se Ele quisesse me condenar ao Inferno de qualquer forma. Então conheci um menino na escola e, conversando, contei sobre meu "quase relacionamento com Deus". A mãe dele sentiu que deveria me emprestar o livro. No começo, eu me negava a ler por medo. Mas, quando comecei a ler o livro, fiquei desacreditada e, ao mesmo tempo, encantada com tantas coisas, e imaginava tudo muito bem. Pedi a Deus o mesmo abraço do livro, aquele das mãos enormes... E aceitei Jesus no meu quarto, mesmo. Quando terminei de ler, eu já havia perdoado muitas pessoas e entendido muitas coisas, como textos da Bíblia que eu li anos antes... Também entendi que Jesus não é "mais bonzinho que Deus". Meu amigo me chamou para ir à igreja e aceitei Jesus como meu único e suficiente Salvador novamente, próximo ao Natal. Falei tanto de como Ele mudou minha vida que minha irmã acabou aceitando ir à igreja e, lá, ela aceitou a Cristo também!

O livro me ajudou de diversas maneiras — no entendimento de quem Deus é na minha vida, de como Ele pode me ajudar, de como o jugo d'Ele é suave, mas, principalmente, em relação ao amor d'Ele e no ótimo e suficiente Pai que Ele é! Depois que li o livro, eu me pergunto como podemos ficar tão longe de Seu abraço de mãos enormes.

**M. G.**
**35 anos, Coral Springs/FL**

Enquanto lia o livro, o Senhor foi curando várias feridas, fui tendo entendimento do quanto Ele me ama e comecei um relacionamento mais profundo com Ele. Ansiava por ter uma um lugar assim com o Pai, e esse lugar foi sendo construído... Na época, tinha três anos de convertida, e meu esposo não era convertido. Nesse lugar que construí com o Senhor, por meio da experiência da leitura, Ele me mostrou que minhas orações estavam equivocadas em relação ao meu esposo; elas eram para que ele fosse para a igreja. Fui profundamente restaurada nesse lugar de intimidade, e aprendi a ser uma esposa sábia que edifica o lar. Em 2024, para honra e glória do Senhor, meu esposo aceitou Jesus e alcançou a salvação. Hoje, eu e minha casa servimos ao Senhor!

Este livro foi produzido em EB Garamond Pro 11 e impresso
pela Gráfica Promove sobre papel Pólen Natural 80g
para a Editora Quatro Ventos em Maio de 2025.